SOS VOM PLANETEN AQUAPHOBIUS

EIN SPACE KABADDI ROMAN

SPACE KABADDI

SOS VOM PLANETEN AQUAPHOBIUS

Autor: David Pientka
Nach Ideen von Andreas Z. Simon

Titelbild: Eckart Breitschuh
Umschlaggestaltung: Lisa Beck
Buchsatz: Kathrin Franke-Mois
Epic Moon – Coverdesign / München
www.epicmooncoverdesign.com

Space Kabaddi ist eine Romanreihe von BSBooks
www.bsb-film.de

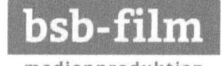

Lektorat: Andreas Z. Simon
Korrektorat, Verlag:
BoD · Books on Demand GmbH,
In de Tarpen 42, 22848 Norderstedt,
bod@bod.de
Druck:
Libri Plureos GmbH, Friedensallee 273,
22763 Hamburg
ISBN: 978-3-7583-5060-3

VORWORT

In einer Zeit auf der Erde, als die Menschheit in Einklang mit sich und der Natur zu leben gelernt hatte, kam es zu einem historischen Vorfall mitten im Finale eines großen Kabaddi-Spiels.

Bei dieser Sportart geschieht jeder Spielzug in nur einem Atemzug. Damit man sieht, dass der Spieler nicht erneut einatmet, muss er permanent das Wort »Kabaddi« wiederholen. An diesem Tag klang das jedoch etwas anders, nämlich ungefähr so: »Kabaddikabaddikabaddikabaddikabaddiwaszum …?«

Ein Meteor schlug mitten im Spielfeld ein. Ein kleiner Meteor nur, aber mit gewaltigem Rumms. Der Atem der Anwesenden stockte, auch völlig ohne »Kabaddi« zu sagen. Sofort wurde das Gelände evakuiert und Untersuchungen ergaben, dass es sich bei dem Meteor um eine Kapsel handelte, die ganz klar außerirdischen Ursprungs war.

Simon Solaris, öffentlichkeitsscheuer Multi-Milliardär, dem das Stadion gehörte, nahm die Kapsel an sich und ließ sie untersuchen. Monatelang gab es keinerlei Neuigkeiten dazu, bis folgende Pressemeldung aus Solaris' Sekretariat an die Öffentlichkeit versendet wurde:

»Die Kapsel ist eine Einladung in eine Parallel-Dimension. Wir werden ein Team zusammenstellen zur Erforschung. Antworten auf die Frage nach dem Sinn des Lebens werden erwartet.«

Jeder dieser Sätze sorgte für große Verwirrung und noch größere mediale Aufmerksamkeit. Ganz besonders aber der Satz »Antworten auf die Frage nach dem Sinn des Lebens werden erwartet« fand sich danach auf nicht wenigen T-Shirts und Tassen. Eine Antwort, woher diese Erwartungshaltung kam, war von Solaris und seinem Team jedoch nicht zu erwarten.

Ein Jahr später startete das Raumschiff »Instant Karma« und folgte in ebenjener anderen Dimension diversen Hinweisen. So gab es zwar wohl wirklich eine Einladung mitsamt einer Art Sternenkarte der anderen Dimension. Jedoch war alles recht lückenhaft und mit viel Interpretationsspielraum, wo und wie denn nun dieser Sinn des Lebens zu finden sei. Die folgende Geschichte beschreibt einen Teil dieser Reise.

DIE CREW

Captain Captain war offensichtlich der Captain und hieß auch noch so. Eigentlich hieß er Peter Peter, hatte aber den Nachnamen seiner Mutter angenommen. Er war der etwas übergewichtige Chef der Instant Karma und wurde von allen Captain genannt. Seine Charakterstärken sind schwer zu benennen, aber zumindest war er durch nichts aus der Ruhe zu bringen, auch nicht, wenn es wichtig gewesen wäre.

Dann gab es da **Ed**. Er kam recht unerfahren an Bord der Instant Karma und hatte eigentlich vor allem eine Beobachterrolle. Obwohl seine Berufsbezeichnung wohl am ehesten mit einem Pressesprecher zu vergleichen wäre, heißt das aber nicht, dass er nicht mithalf, wo er konnte. Erwähnenswert ist sicher noch, dass er eine recht magnetische Anziehungskraft auf Menschen und andere Spezies auszuüben schien.

Jane war die Jüngste an Bord. Sie war mental hochbegabt und ihre Aufgabe war die Bedienung des so genannten Holo-Brains. Hierbei handelte es sich um eine spezielle Art von Computer, mit der Janes Fähigkeiten noch verstärkt werden konnten. Gedanken und Zeichen wurden in visueller Form holografisch dargestellt und konnten von Jane so leichter interpretiert werden. Klingt kompliziert – und ist es auch.

Lucy Sabor Doctora lebte in einem Zelt an Bord der Instant Karma, nicht weil sie es musste, aber weil sie es so wollte. Sie war die Ärztin an Bord, auch wenn ihre Methoden ungewöhnlich waren und handelsübliche Medizin nur in Ausnahmesituationen von ihr verwendet wurde.

Konrad, der Technikexperte an Bord, war oft betrunken oder in uralte brutale Computerspiele vertieft. Er reagierte schnell aggressiv, löste Probleme, auch technische, gerne mal mit Draufhauen. Er war regelmäßig im Fitnessstudio anzutreffen, half seinen Muskelmassen aber auch offen auf synthetischem Weg. Seine Aufgabe war es, sich um die Roboter an Bord zu kümmern, aber dennoch fürchteten die Roboter ihn.

HeyDu kam von einem Planeten mit unaussprechlichem Namen und hatte selbst einen unaussprechlichen Namen, wurde daher nur »Hey, du« gerufen. Sie kam als blinder Passagier an Bord, kurz nach Dimensionseintritt, wurde aber schon bald zweiter Captain an Bord der Instant Karma. Die Vorgeschichte, weshalb sie sich aufs Schiff geschmuggelt hat, blieb ihr Geheimnis. Eine auffallende Besonderheit: Bei Kontakt mit Wasser wurde sie an den nassen Stellen unsichtbar, was ebenso lästig wie nützlich sein konnte.

Robinson war der Name eines klobigen, etwas schwerfälligen Haushaltsroboters. Seine Aufgabe war es, für Ordnung an Bord der Instant Karma zu sorgen, aufgrund seiner ungünstigen Bauweise warf er allerdings mehr Dinge um, als er säuberte. Anders als die meisten Roboter hatte Robinson einen sehr eindeutigen Charakter. Er verfügte über ein lückenloses Gedächtnis. Das beinhaltete auch eine unendliche Anzahl an Witzen, die er abrufen konnte, aber auch Details zu praktisch jedem Ereignis. Da er der leistungsstärkste mobile Computer an Bord war, konnte er auch für Spezialeinsätze mitgenommen werden. Er konnte jedoch auch als Jukebox verwendet werden.

Hund und **Miao** waren die Haustiere an Bord. Hund hieß der Roboterhund, den Konrad aus alten Ersatzteilen zusammengeflickt hatte. Er verlor ständig Körperteile, wurde von Konrad dann neu zusammengebaut, sah also ständig ein bisschen anders aus. Miao ist eine echte Lykoi-Katze, auch genannt Werwolfkatze, aufgrund ihres ungewöhnlichen Äußeren. Sie lebte eigentlich bei Jane mit im Raum, büxte aber gerne aus und legte sich dann mit Hund an. Ein Klischee, das auch von einer Katze-Roboterhund-Beziehung aufrechterhalten wird.

Außerhalb der Instant Karma gab es noch **Nero**, den glatzköpfigen Weltall-Pizzaboten. Um Energie zu sparen, surfte er mit seiner Pizza-Backkapsel im Sog der Instant Karma mit und generierte so neue Kundschaft auf fremden Planeten. Er brachte auf Bestellung Pizza und Pasta in extrem ausgefallenen Variationen. Er hatte allerdings ein ziemlich schlechtes Gedächtnis, was bei der Bestellannahme nicht unbedingt immer half.

Commandante überwachte die Mission der Instant Karma von der Erde aus, oder zumindest sollte er das. Sein Problem war, dass er viel schlief, vermutlich gesundheitlich bedingt, aber es könnte auch einen ganz anderen Grund gehabt haben. Zumindest war er oft dann nicht erreichbar, wenn es gerade wirklich wichtig gewesen wäre.

KAPITEL 1

Ed polierte gerade einen hartnäckigen Fleck von der Kaffeemaschine, als plötzlich ein schrilles Fiepen ertönte. Verdutzt hielt er inne und starrte die Maschine an. Er wusste noch nicht einmal, dass sie ein Soundmodul hatte.

Und dann passierten zwei Dinge gleichzeitig: Aus dem nervigen Fiepen wurde ein stehender Dauerton, und der Boden, auf dem Ed gerade stand, fing leicht an zu beben. Zu dem nervigen Dauerton kam ein neuer Klang, der wieder an das nervige Fiepen erinnerte, und aus dem leichten Beben wurden mehrere Vibrationsstöße, die auf das ganze Schiff überzugehen schienen. Hinter ihm zischte es und die Tür zur Brücke öffnete sich.

Jane stand mit zerzaustem Haar atemlos dahinter und starrte sie alle mit großen Augen an. Ed merkte erst jetzt, dass er noch immer die Kaffeemaschine polierte.

»Was ist das? Werden wir angegriffen?«, rief sie, während sie sich mühevoll durch den Türrahmen zog. Da erklang hinter Ed die Stimme des Captains:

»Haha, ein Notruf! Großartig!«

Ed drehte sich um und sah eine wild blinkende rote Lampe am Hauptcomputer.

Alle blickten jetzt zu Captain, der völlig entspannt in seinem Sessel saß und die wilde Kakophonie und das Erbeben des Raumschiffs zu genießen schien. Lässig drückte er einen Knopf an seinem Stuhl und schlagartig kehrte Ruhe ein.

»Und da vibriert gleich das ganze Schiff?«, fuhr ihn Jane genervt an.

»Ach Quatsch. Das ist das illusorisch-aleatorische Notsystem. Die Art des Signals wird zufällig gewählt, damit sich ja keiner daran gewöhnt. Beruhigt euch wieder.«

Als er das sagte, zerschellte eine Kaffeetasse neben Ed am Boden, die sich irgendwie aus dem Schrank gelöst hatte.

»Oh«, sagte Ed.

»Signal auf den Schirm!«, befahl Captain und augenblicklich ploppten Koordinaten auf dem Bildschirm auf. Dann folgten zahlreiche Symbole in fremden Sprachen und der Computer begann mit der Übersetzung. Dann stand dort in Großbuchstaben:

Jane stand wie angewurzelt mit offenem Mund neben Captains Sessel und starrte auf den Bildschirm.

»Ich habe da ein seltsames Gefühl«, bekannte sie.

»Jag das mal durch das Holo-Brain und gib Bescheid. Ich bringe uns schon mal auf den Weg.«

Captain aktivierte das Videophone und bald hatte er Commandante auf dem Schirm. Er schlief.

»Ach herrje. Na dann schicke ich es ihm eben per Videonachricht.«

Er tippte auf den Tastern des Gerätes herum.

»Commandante, wir haben einen Notruf erhalten. Die Botschaft schicke ich mit der Aufnahme mit. Ich wollte um Erlaubnis fragen, aber es scheint zu eilen. Also ist das hier lediglich die Benachrichtigung, dass wir bereits auf dem Weg sind. Ciao!«

Wiederholtes Tippen und dann ging der Bildschirm mit dem schnarchenden Commandante wieder aus.

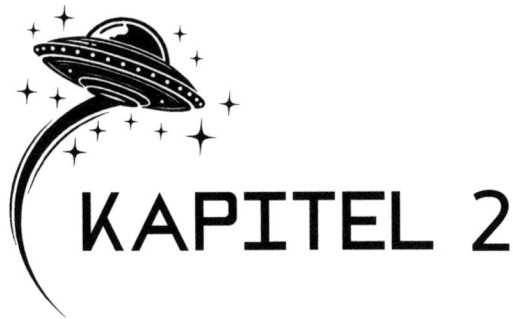

KAPITEL 2

Kurz bevor sie den Orbit erreichten, bremste Captain die Instant Karma ab und öffnete den Hauptbildschirm. Der Anblick, der sich ihnen dabei bot, verschlug ihnen allen die Sprache: Ein blaues Juwel inmitten der Schwärze des Universums lag vor ihnen. Sie alle kannten den atemberaubenden Anblick der Erde. Aber was sie nun sahen, war ein wirklich blauer Planet. Die Erde dagegen war wie einer dieser bunten Lollis, die es früher mal gegeben hatte: Da war ein hauptsächlich blauer Lutscher mit weißen, roten und vielleicht noch grünen Schlieren durchzogen. Dabei hatte niemand so recht gewusst, woraus diese Schlieren bestanden, aber das war auch gar nicht so wichtig. Wichtig war, dass danach die Zunge blau war. Wie so oft war den Menschen der witzige Effekt im Hier und Jetzt wichtiger als das Wie, Weshalb und das »Wer bezahlt meine Zahnersatzrechnungen mit 42?«. Und so war im Prinzip auch die Erde. Eine bunte Kugel voll von eigenartigem Beigeschmack.

Aber dieser Planet vor ihnen war makellos blau. Der Computer zeigte an, dass er eine Atmosphäre ähnlich der Erde besaß und auch die Temperaturen recht ähnlich waren. Nur war dieser Lolli komplett von Wasser bedeckt.

»Wo gehen wir runter?«, kam die Frage von Konrad und sie war vermutlich viel weniger als Frage nach genauen Koordinaten gedacht gewesen, wie es der Captain in diesem Moment aufnahm.

»Genau da«, sagte er und nickte irgendwohin. »Robinson? Spiel was Schönes!«

Robinson kam aus seiner Ecke gefahren und wirkte dabei irgendwie bockig. Sein Soundmodul sprang an und eröffnete den Musikwunsch unnötigerweise mit dem Quietschen und Knacken, das man von alten Schallplatten kannte. Er spielte »I Am The Walrus« von den Beatles in der Version einer japanischen Hard-Rock-Band.

»Aber da ist nur Wasser!«, versuchte Jane das Offensichtliche in Worte zu packen.

»Jepp«, gab Captain zurück, den die Musikwahl nicht wirklich packte.

»Wir sind aber in einem Raumschiff«, konstatierte Ed.

»Das fliegt auch durch das Vakuum hier, dann wird das bisschen Wasser auch nicht so wild sein«, gab Captain genervt zurück.

Während die Instant Karma wild zuckend in den Orbit eintrat, versuchte die eine Hälfte der Crew auf Captain einzureden, wie dämlich die Idee war, mitten im Nirgendwo einer Paralleldimension mit einem Raumschiff mit ungenügenden Vertragswerkstätten in der Gegend einen Bauchplatscher auf diesem Wasserplaneten zu machen. Die andere Hälfte bestand im Moment aus dem Captain, der nicht mit-diskutierte, Robinson, der mittlerweile auf japani-sche Jodelinterpretationen alter alpiner Volksweisen aus der Schweiz umgestiegen war, und HeyDu, die einfach in Schockstarre war, weil sie keine Lust hatte, nass zu werden.

Als das Schiff eine Höhe erreicht hatte, die bereits den wilden Wellengang gut sichtbar erkennen ließ, schlugen die Diskussionen in wilde Schreie und das Musikprogramm analog dazu in die musikalischen Anfänge von Death-Metal um. Dann ging sowieso al-les hoffnungslos schnell. Wäre man außerhalb des Raumschiffes – zum Beispiel auf einem Kreuzfahrtschiff – gewesen, hätte man ein samtiges »Plopp« vernommen. Denn damit tauchte die Instant Karma ein und ehe es sich alle versahen, erschien in heller Schrift folgender Text auf dem Hauptbildschirm:

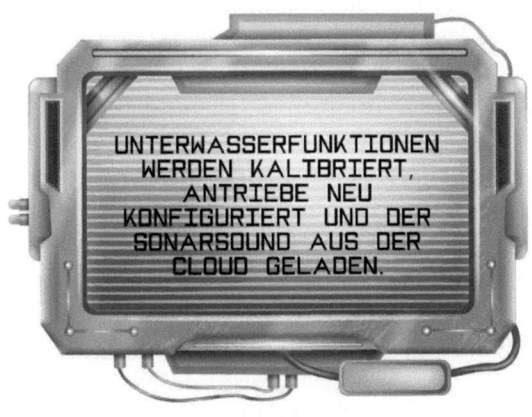

UNTERWASSERFUNKTIONEN
WERDEN KALIBRIERT,
ANTRIEBE NEU
KONFIGURIERT UND DER
SONARSOUND AUS DER
CLOUD GELADEN.

Die Stille an Bord wurde nur von Robinsons Musikeinlage unterbrochen. Mittlerweile hatte er passenderweise »Yellow Submarine« von den Beatles gefunden.

Captain seufzte erleichtert aus. »Endlich spielst du was Vernünftiges«, lobte er den Roboter. »Hatte ich das nicht erwähnt? Die Instant Karma kann jedenfalls ganz ordentlich schwimmen.«

Konrad stapfte beleidigt aus dem Raum raus, Jane sah ihn einfach nur entgeistert an, Ed kicherte unsicher und HeyDu hatte noch immer keine Lust darauf, nass zu werden.

Das wilde Auf und Ab der Wellen war bald nicht mehr spürbar und eine unheimliche Stille umfing sie.

»Wohin müssen wir überhaupt?«, wollte HeyDu wissen. Dabei spürte sie, dass ihr Mund bereits völlig trocken war.

»Der Funkspruch beinhaltete recht präzise Koordinaten. Ich habe das Schiff darauf programmiert und lass es einfach mal machen.«

Und das Schiff machte.

Sie tauchten immer tiefer und tiefer in die Dunkelheit hinab und irgendwann nahmen sie ein diffuses Leuchten wahr. Schließlich wurde es heller und am Ende tauchten sie von der Dunkelheit in eine erstaunlich lichte Unterwasserwelt ein. Erst jetzt konnte man in der Ferne Lebensformen umhertreiben sehen: große, walähnliche Wesen mit langen Hälsen, Fischschwärme, die jede erdenkliche Formation einnahmen, und große Kopffüßer mit unzähligen Tentakeln. Woher das Licht jedoch kam, war auf Anhieb nicht ersichtlich. Es war ihnen auch in diesem Moment relativ egal, da sich vor ihnen eine gewaltige Stadt auftat, mit Türmen, die sich bis in die Dunkelheit über ihnen erstreckten. Bei dem Anblick war wohl nicht nur HeyDu froh, dass sie während ihrer Fahrt nicht gegen einen solchen gedonnert waren. Es gab Hügel, auf denen Prachtbauten standen, und soweit sie es von ihrer leicht erhöhten Position erkennen konnten, waren da sogar Parks und öffentliche Plätze. Alles war von einer gewaltigen Kuppel umschlossen. Die Stadt wirkte auf HeyDu wie eines dieser Gläser, das sie mal in Konrads Saustall gefunden hatte. Darin befand sich ein Schloss in einer Flüssigkeit und wenn sie das Glas schüttelte, wirkte es so, als würde es schneien.

»Das da muss es wohl sein«, sagte Captain selbstzufrieden.

»Aber das Signal liegt einige Kilometer entfernt laut unserem Navigationssystem«, gab HeyDu zu bedenken. Captain wischte es mit einer Geste nur beiseite und sagte: »Ach Quatsch. Das da schauen wir uns erstmal näher an und dann werden wir es schon finden. Oder meinst du, einer der Fische hat uns das Signal geschickt?«

HeyDu gab klein bei und entschied sich, die Klappe zu halten.

»Wo ist eigentlich Nero?«, fragte Jane, doch niemand beachtete sie.

Nero wurde glücklicherweise nicht mit ins Wasser gezogen. Sein Pizza-Raumschiff hätte dem Druck vermutlich nicht standhalten können. Er befand sich also noch irgendwo im Orbit des Planeten.

Captain manövrierte das Schiff in sicherem Abstand zur Stadt und versteckte es hinter einer Felsformation.

»HeyDu, Ed und ich gehen in diese Stadt. Der Rest bleibt hier und hält sich in Alarmbereitschaft«, ließ er durch die Lautsprecher an Bord verlauten.

»Wie sollen wir in die Stadt kommen? Tauchen?«, wollte Ed wissen. Dabei lächelte er höflich, als hätte er nur nach dem Weg zur nächsten Eisdiele gefragt.

Captain schien ihn zu ignorieren, schnallte sich von seinem Sessel ab und stand auf. Als ersichtlich wurde, dass er darauf nicht antworten würde, wiederholte HeyDu die Frage: »Die Frage ist berechtigt. Wie wollen wir uns unter Wasser bewegen?«

»Das ist eine sehr gute Frage, HeyDu!«, lobte Captain sie und überging Ed dabei völlig. »Wie auch das Schiff selbst wurden unsere Raumanzüge für jede Eventualität hergestellt. Sie sind auch unter Wasser absolut brauchbar.«

HeyDu schielte zur Anzeige am Bildschirm. Dort waren sämtliche Atmosphärenwerte des Planeten in einer Tabelle aufgelistet und wurden mit der Erde und den dortigen Daten verglichen. Zur leichteren Übersicht wurden die Überlebensfähigkeiten von Humanoiden (oder ähnlichen Wesen) mit einem Ampelsystem deutlich dargestellt. Auf der Erde leuchtete dieses gelblich grün. Hier war es immerhin gelb, mit einem beunruhigenden orangenen Flackern.

»Na dann«, sagte sie schließlich und folgte Captain zum Erkundungsshuttle. Mit einem müden Seufzen öffnete sich die Tür neben dem Fahrstuhl und sie befanden sich im Notfall-Hangar. Hier hingen auch die Raumanzüge und HeyDu dachte für einen Moment daran, ob man für die Dauer ihres Unterwasser-Aufenthaltes hier nicht alles umbenennen musste, in U-Boot-Hafen statt Hangar und Taucherausrüstung statt Raumanzug. Wortlos zog der Captain seinen – etwas überdimensionierten – Anzug an und damit folgten die anderen beiden seinem Vorbild.

Als HeyDu ihren Helm überzog und an dem Anzug einrastete, ploppte auf der Scheibe ein kleines Interface auf, das ihr auf der ersten Seite ihre Vitalwerte, auf der zweiten die Außenwerte der direkten Umgebung des Anzuges und auf der dritten Seite die aktuellen Kabaddi-Ergebnisse anzeigte. Sie ärgerte sich ein wenig darüber, dass sie die Seiten nicht frei belegen konnte. Offenbar war das ein letzter, »witziger« Wink von ihrem Gönner Simon Solaris gewesen. Ein wenig gedämpft hörte sie eine Stimme und stellte über die taktile Steuerung in den Handschuhen die Lautstärke höher. Captain sprach gerade.

»... wieder gewonnen haben. Haha!«

»Ich hätte nicht wieder gegen dich wetten dürfen«, grummelte Ed.

»Könnten wir dann bitte endlich gehen?«, schnauzte HeyDu. Sie war gestresst von all dem Wasser und der Vorstellung, dass sie dem an diesem Ort hilflos ausgeliefert sein würde. Ed nickte, während Captain sie in affektiertem Ton nachmachte. Wütend stellte sie mit ihrem Handschuh seinen Kanal auf stumm und stapfte auf eins der Shuttles zu, ohne noch weiter auf die beiden zu warten. Kurz darauf ertönte ein Audiosignal bei ihr, das anzeigte, dass jemand, der gerade stummgeschaltet war, dringend Kontakt zu ihr aufnehmen wollte. Sie stieg gerade in ihr Shuttle ein, als sie Captain wieder auf laut stellte.

»Wir nehmen das andere Shuttle«, sagte er in übertrieben autoritärem Ton.

»Schön«, antwortete sie und schloss die Tür hinter sich. »Dann habe ich in meinem meine Ruhe.«

Sie stellte jetzt beide stumm und verpasste vermutlich die schönsten Verwünschungen. Aber mit ihrem Rang hatte sie die nötigen Freigaben, um das Shuttle auch alleine zu nutzen. Sie ließ sich mit einem Seufzen auf den Pilotensessel fallen und startete die Systeme. Als sie gerade durch die Schleuse geschossen wurde, kam in ihr zum ersten Mal die Frage auf, ob die Shuttles auch wirklich wasserdicht wären. Mit einem Zischen und Blubbern raste sie den Wassermassen entgegen.

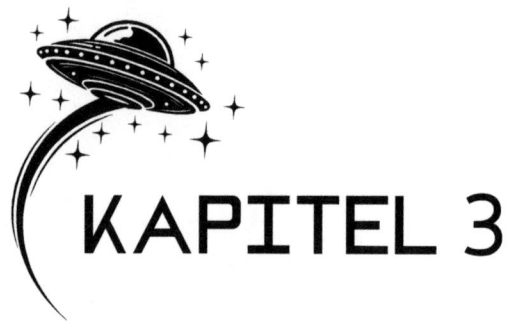

KAPITEL 3

Kurz vor der Stadt konnte HeyDu erkennen, dass auch dort kleinere und größere Schiffe durch das Wasser düsten. Und vermutlich würden sie dabei gar nicht besonders auffallen. Auf dem Bildschirm sah sie das Schiff des Captains hinter ihr und sie nahm dabei wieder Kontakt zu ihm auf.

»Sollen wir in die Stadt hinein... äh ...tauchen? Oder bleiben wir außerhalb liegen und laufen rein?«

»Ah, die feine Dame redet wieder mit mir?«

»Captain, lass gut sein ...«, beschwor ihn Ed nervös.

»Eine Antwort auf meine Frage wäre nett.«

Darauf folgte kurze Stille. Dann ertönte die reservierte Stimme des Captains: »Wir tauchen in die Stadt hinein. Ich versuche währenddessen irgendwie Kontakt herzustellen.«

HeyDu hielt auf etwas zu, das für sie wie eine Straße aussah, auf der andere kleine Schiffe in die Stadt hineinfuhren. Dabei gab es mehrere Ebenen. Auf der untersten fuhr man in die Stadt, eine darüber aus der Stadt hinaus. Und darüber lagen nochmals zwei Spuren, auf denen die größeren Schiffe unterwegs waren. Dem Volumen nach könnte es sich dabei um Frachter gehandelt haben, denn sie waren sehr lang und bauchig und hatten vermutlich nur eine Art Führerhaus in der Front. Bisher hatte sie noch keine Bewohner erkennen können. Schließlich erschien eine Übertragung des Captains auf ihrem Bild mit der Bitte, an dem Gespräch teilzunehmen. HeyDu nahm an und hörte darauf ein Zischen und Lispeln. Die Stimme am anderen Ende war offenbar noch unbekannt für den Sprachcomputer, aber die Analyse lief und würde nicht mehr lange auf sich warten lassen. Währenddessen versuchte Captain das Standardprogramm abzuspulen, was er sagen sollte, wenn man zum ersten Mal einer unbekannten Spezies die Aufwartung machte.

HeyDu stellte sich vor, wie das alles auf sie selbst gewirkt hätte, wenn sie am anderen Ende des Hörers gewesen wäre, und sie kam zu dem Schluss, dass sie in einer ähnlichen Situation vermutlich einfach aufgelegt hätte. Schließlich ertönte ein PING und aus dem Zischen und Lispeln wurde eine für alle verständliche Sprache. Und ebenso würde das Gegenüber die Crew über den Übersetzer von nun an verstehen.

»Wir heißen euch in unserer einmaligen Stadt herzlich willkommen, Fremde! Kommt zu den angegebenen Koordinaten und trefft unsere Abgesandten für eine erste Kontaktaufnahme und ein Gruppenfoto.«

Die Übertragung endete wieder und dafür erschienen besagte Koordinaten auf dem Schirm. HeyDu akzeptierte sie als neues Ziel. Sie verglich sie dabei aber auch mit denen des Notrufsignals, das sie eigentlich hergebracht hatte.

»Seltsam ... Es liegen dennoch zahlreiche Kilometer Entfernung zwischen den beiden Punkten. Der Ursprung liegt nicht einmal in dieser Stadt ...«, sagte sie über Funk zu Captain und Ed.

»Vielleicht ist das nur eine Ungenauigkeit«, versuchte Captain zu beschwichtigen. HeyDu war nicht beschwichtigt, beließ es aber erstmal dabei. Die ganze Situation verunsicherte sie zutiefst und es war schließlich auch gut möglich, dass sie alles ein wenig überinterpretierte.

Diese unglaubliche Menge an Wasser ... Sie dachte an ihre Zeit an der Akademie, die Studentenverbindung, eine große Aula, das Licht ging aus und dann ... Wütend schüttelte sie den Kopf und versuchte, die Erniedrigung aus ihrem Kopf zu bekommen. Sie hatte einen Anzug an und war zudem gerade umgeben von hoffentlich sehr dichtem Stahl. Menschliche Ingenieurskunst war nicht das Beste, was sie auf dem Gebiet kannte, aber dennoch gut genug, was Sicherheit anging.

Sie stellte das Schiff auf Autopilot, versuchte, sich einigermaßen entspannt in ihrem Sessel zurückzulehnen, und betrachtete die Stadt, die langsam immer näher kam. Sie beobachtete die anderen Schiffe, die hinein- und hinausfuhren. Vor ihnen wurde jeweils die Kuppel durchlässig, wie eine Wasserwand. Und dahinter war die Umgebung scheinbar eine andere, das Licht wurde eigenartig dahinter abgelenkt, wie ein Lichtstrahl, der in eines von Janes Aquarien fiel. Auch vor ihr wurde die Kuppel durchlässig und sie flog hindurch. Automatisch lief ein Außen-Scan ab und die Werte wurden ihr auf dem Display angezeigt. Innerhalb der Kuppel war zwar die Luftfeuchtigkeit hoch – auch auf der Scheibe zeichnete sich ein feuchter Film ab. Aber es war dennoch nicht wirklich dichtes Wasser, eher so wie auf der Erde, wenn ständig ein leichter und extrem feiner Sprühregen herrschte.

Offenbar waren hier alle Häuser einfach nur enorm. Entweder enorm hoch, enorm extravagant oder einfach auch nur enorm beleuchtet. Sie konnte durchaus Lebewesen erkennen, die in den Straßen am Boden umherliefen. Das gab ihr den ersten Hinweis darauf, dass die hier vorherrschende Rasse offenbar hauptsächlich lief. Wobei unter Wasser natürlich nicht auszuschließen war, dass man nicht auch mal durch die Gegend schwamm. Jedenfalls konnte hier in der Stadt nichts und niemand mangels ausreichend Wasser schwimmen. Der Anblick beruhigte sie ein wenig, auch wenn die Feuchtigkeitswerte dafür sprachen, dass sie dennoch ohne Anzug hier unter der Peinlichkeit leiden würde.

Sie fuhr schon recht lange an einem sehr breiten Hochhaus vorbei und erkannte jetzt erst, dass die Häuser tatsächlich Fenster hatten. Und an den Fenstern klebten unzählige kleine Putzerfischwesen, welche die Scheiben reinigten. Sie musste Jane davon erzählen. Offenbar waren das Amphibien, die auch außerhalb von Wasser leben konnten. Bei dem Anblick dachte sie an Slums und ärmliche Vororte, in denen sich die Algen an den zerbrochenen Scheiben sammelten, und an leere Schiffsskelette, aus denen die Fische herauslugten. Dabei fiel ihr auf, dass sie an ein Aquarium dachte, und ihr kam alles so furchtbar absurd vor. Sie befand sich tatsächlich unter Wasser. Sie hatte schon viel gesehen, aber dieses Element mied sie wie die gorgische Zehenpest. Und noch nie hatte sie eine Unterwasserstadt besucht, in der es geregelte Verkehrswege gab und die erstaunlich wenig Ähnlichkeiten mit dem Bild eines verdreckten Aquariums hatte. Im Gegenteil: Man konnte auch meinen, in einer ganz normalen menschlichen Großstadt zu sein. Oder in einer Metropole jeder anderen hochentwickelten Zivilisationsform. Das brachte sie zu dem Schluss, dass man die Wesen hier nicht unterschätzen sollte. Vermutlich hatten sie so einiges auf dem Kasten. Wer aus dem algigen Meeresschlamm eine solche Stadt mit dieser klaren Infrastruktur hochzog, musste wohl etwas können. Und konnte aber vielleicht auch gefährlich sein.

Sie passierte mehrere Kreuzungen und fuhr plötzlich panisch in ihrem Sessel hoch, weil sie einfach verschlafen hatte, auf Verkehrsregeln zu achten. Sie ließ den Autopiloten an, nahm aber vorsichtshalber bereits eine Position ein, in der sie sofort übernehmen konnte. Bei der nächsten Kreuzung sah sie, dass hier der Verkehr völlig simpel gelöst wurde: Wer von links oder rechts passierte, fuhr mit seinem Schiff einfach auf einer anderen Ebene, nämlich genau zwischen den beiden Spuren, die jeweils kreuzten. Sie entspannte sich wieder und betrachtete weiter die Stadt.

Die Straßen waren zusätzlich beleuchtet, was sie ein bisschen verschwenderisch fand, denn es war ja grundsätzlich und seltsamerweise sowieso hell. Manche Häuser hatten Leuchtreklame in einer

Schrift, die bestenfalls nach Klecksen und Algenfäden aussah. Vermutlich legte sie diese Assoziation auch nur hinein, da sie umgeben war vom Meer.

Schließlich hatte sie die Koordinaten beinahe erreicht und schaltete wieder auf manuelle Steuerung um. Sie erkannte einen größeren Platz vor einem Gebäude, das vielleicht so etwas wie ein Regierungspalast hätte sein können. Vorsichtig und mit Schulterblick bog sie ab, hoffend, dass es hier irgendwie eine Art von Verkehrsgesetz gab. Aber es geschah nichts und ihre Fähre setzte sanft auf. Nervös befingerte sie ihren Gurt, während sie die Umgebung vor dem Schiff voller Argwohn nach einer Falle absuchte.

In dem Moment setzte neben ihr das Schiff des Captains auf, der kurz darauf fröhlich aus dem Schiff gesprungen kam. Sie konnte erst an seinem Gesicht und dann an seinem Funkspruch seine Überraschung feststellen.

»Mist, jetzt ist die ganze Fähre ...«

»Oh Mann! Alles ist nass! Die ganze Steuerung ist nass!«, fluchte Ed und übertönte Captain dabei.

HeyDu konnte sich ein Kichern nicht verkneifen. Sie konnte sich sehr gut vorstellen, wie aufgeregt Captain gerade sein mochte. Wie ein kleiner Junge, der zum ersten Mal in seinem Leben einen Spielzeugladen betrat. Und dabei schaltete er gerne mal die paar Hirnzellen aus, die ihn dazu brachten, regelmäßig ein- und auszuatmen. Die Umgebung war feucht genug, um das Schiff vorerst außer Gefecht zu setzen, wenn die Nässe an die Steuerung kam.

»Ich kann euch später abschleppen. Aber Konrad wird euch die Hölle heißmachen«, gab HeyDu zu verstehen und ging in den hinteren Teil der Fähre, wo sich eine kleine Sicherheitsschleuse befand, die eigentlich genau für solche Außeneinsätze konzipiert war – das Schiff vor Zerstörung durch eine andere Atmosphäre zu schützen. Sie hatte eine vage Vorstellung davon, dass sich Captain über die zweite Fähre jetzt weniger aufregen mochte als zuvor.

»Gut, dass unser Captain der Einzige war, der über die Tiefseetauglichkeit unserer Ausrüstung Bescheid wusste und uns ausreichend gebrieft hat. Das wäre ja echt peinlich, wenn einem aus der Mannschaft dieser Fehler unterlaufen wäre«, murmelte sie in den offenen Kommunikationskanal, laut genug, dass die beiden Männer an der Nachbarfähre sie deutlich hören konnten. Als sie das Innere ihrer Fähre versiegelt hatte, betätigte sie die äußere Schleuse. Feuchtigkeit drang wie ein Nebel hinein und sie kontrollierte angespannt ihre Ausrüstung nach durchlässigen Stellen. Sie tat das, bis der Raum vollständig von Feuchtigkeit angefüllt war. Und sie konnte erst lockerlassen, als sie nach einem Moment der stillen Panik feststellte, dass ihr Anzug dicht war. Also öffnete sie die Schleusentür und glitt nach draußen.

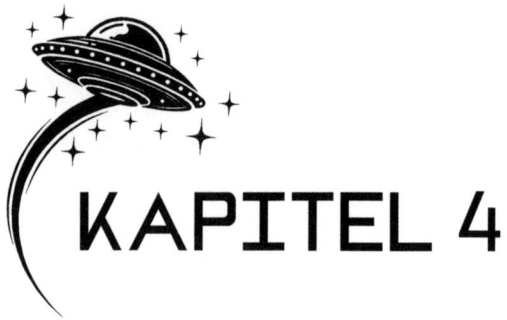

KAPITEL 4

Es war erstaunlich warm. Die Schwerkraft des Planeten zog HeyDu langsam in Richtung Boden und als sie sank, blätterte sie auf die Seite ihres Interfaces, die ihr die Planetendaten von der Instant Karma übermittelte. Die Schwerkraft war ein wenig geringer als auf der Erde. Sie würde also vermutlich mit genug Kraft weit springen können. Außerhalb der Kuppel würde das Wasser diesen Effekt wieder dämpfen. Als sie aufkam, spürte sie einen harten Boden unter ihren Füßen. Für Einsätze wie diesen hatten die Stiefel eine Reihe an Sensoren eingebaut, die oberflächliche Scans des Bodens vornehmen konnten. Was die Auswertung ergab, war nicht viel Neues, zusätzlich zu dem, was sie mit ihren Augen bereits feststellen konnte. Der Boden bestand aus einer perfekten und fugenlosen Fläche, die wie Marmor war. Ihr Scan konnte nicht so detaillierte Ergebnisse liefern, dass sie fremde Gesteinsarten bestimmen konnte – das konnte nur ein Tiefenscan von der Instant Karma aus. Aber sie bekam eine ungefähre Zusammensetzung der offensichtlichsten Elemente, die in diesem Material enthalten waren. Die

Zusammensetzung war tatsächlich Marmor nicht un-ähnlich. Viel Kalk, ein wenig Eisen und einige Elemente, die der Schuh nicht eindeutig zuordnen konnte. Vielleicht gab es hier auch völlig andere chemische Beschaffenheiten. Sie nutzte die taktile Steuerung ihrer Handschuhe, um sich eine grobe Notiz zu erstellen, später Konrad oder einen der Roboter darauf anzusetzen. Fest stand, und das war vermutlich für weniger wissenschaftlich arbeitende Menschen – kurzum für Touristen – wesentlich interessanter: Der Platz, auf dem sie sich gerade befanden, bestand aus einer gewaltigen Steinplatte, die offenbar aus einem einzigen Stück bestand. Entweder war diese Zivilisation handwerklich extrem versiert oder einfach nur verschwenderisch reich.

Captain stapfte auf sie zu und soweit sie sein Gesicht hinter dem Visier erkennen konnte, war er stinksauer. Vielleicht hatte sie es auch ein bisschen übertrieben mit ihrer letzten Provokation. Doch ehe er zu etwas ansetzen konnte, öffnete sich ein Tor in dem Gebäude, zu dem der Platz offenbar gehörte, und eine Delegation kam ihnen entgegen. Und wenn man hier so flapsig beschreibt, dass die Delegation ihnen entgegenkam, ist das noch deutlich unter-trieben. Die Abgesandten liefen, hüpften oder schwebten ihnen entgegen. Und anders als bei einer humanoiden Gruppe von Botschaftern, die ihnen auf zwei Beinen laufend erschienen wäre und lediglich zu unterscheiden in der Körpergröße und -fülle, war hier kaum ersichtlich, ob gerade der Unterwasserzoo ausgebüxt war oder sich ein Staatsempfang näherte. Captain setzte sein gewinnendstes Lächeln auf und wandte sich ganz der ungleichen Entourage zu. Und HeyDu war sich sicher, dass er es wieder in den Sand setzen würde.

»Na ihr seht ja lustig aus! Das hätte ich mir über den Kopfhörer so gar nicht vorgestellt.«

HeyDu wäre am liebsten im Meeresgrund versunken, versuchte aber, einen einigermaßen gefassten Eindruck zu wahren. Die Wesen umschwirrten sie und machten gar nicht den Anschein, als würden sie gleich die Kommunikation aufnehmen. Sie sahen ähnlich wie Unterwasserwesen auf der Erde aus, wie HeyDu sie aus Photographien oder Videos kannte. Manch andere hatten aber auch ein völlig anderes Aussehen. Tentakeln, wo man eigentlich Nasen vermutete, kurze Stummelärmchen, die in Klauen mit drei Fingern endeten, und eines der Fischwesen hatte eine Leuchte vor dem Maul, die wie eine Discokugel schimmerte.

Das Tor ging ein weiteres Mal auf und ein Gefährt schwebte ihnen entgegen. Darauf befanden sich noch mehr Fischwesen. Soweit man das sagen konnte, standen sie auf dem Ding. Ihre Beine machten den Eindruck, als wären sie Tentakel, die Körper darüber waren mal schmal, mal dick. Auch die Köpfe, wenn man das so nennen mag, boten ein buntes Sammelsurium an allen möglichen und unmöglichen Formen. Einer hatte einen Kopf wie ein Hammerhai, mit den Augen am jeweiligen Ende des großen Hammerkopfs. Ein anderer hatte einen pfeilförmigen Schädel mit Flossen an den Seiten. Ein Dritter machte den Anschein, als hätte er gar keinen Kopf.

Als sie sie erreicht hatten und von ihrem Schiff schwammen – dabei schlängelten sie sich elegant durch das Wasser –, erkannte HeyDu, dass dieser einfach nur einen abnormal kleinen Kopf hatte, der die drei Humanoiden aus Glubschaugen und mit Schmolllippen anstarrte. Ein vierter Kopf hatte Ähnlichkeiten mit einem Blauwal in kleinster Ausführung: Das Kinn war ebenso weiß und seine Lippen gingen von einer Seite des Kopfs zur anderen und er schien durch diese Anatomie auch ständig zu grinsen. Darüber lagen zwei kleine Knopfaugen, die in dieser Verbindung ein wenig unheimlich wirkten. Alle vier waren ein wenig größer als die drei Humanoiden. Der Blauwalkopf war offenbar auch der Wortführer dieser Versammlung, denn recht bald machte sich der Übersetzer des Kommunikators an die Arbeit. HeyDu erkannte keine technischen Geräte an den Wesen. Sie hatten aber wohl so etwas wie Kleidung an, die entfernt an Algen erinnerte. Aber sie war bunt in allen Farben.

»Wir vom Volk der Shim-Shim heißen euch in Xokoth willkommen!«

Während er das sagte, kam die erste Abordnung herüber und postierte sich hinter den vier.

»Unsere Haustiere habt ihr ja bereits kennen gelernt. Sie sind leider kaum zu halten, die Süßen!«

Als er das sagte, fuhr er mit einer großen blauen Flosse einem der Wesen über den Kopf, welches daraufhin einfach noch aufgeregter starr geradeaus sah.

»Ja schön. Wir sind von der Instant Karma und auf Erkundungsmission in diesem System unterwegs. Mein Name ist Captain Captain, das hier ist Ed und die Dame dort drüben heißt HeyDu«, stellte Captain sie alle vor. Die Fische starrten der Reihe nach alle ihnen vorgestellten Personen nervtötend lange an und sie bewegten sich dabei völlig synchron. HeyDu war dermaßen angespannt, dass sie dabei fast ihre Abneigung dem Wasser gegenüber vergessen konnte.

Der Walkopf machte ein seltsam gutturales Geräusch, das entfernt an Walgesänge erinnerte. War das ein Lachen?

»Es ist mir eine Ehre, euer Volk in unserer Mitte willkommen zu heißen!«, sagte er schließlich. »Ihr seid die ersten Besucher von jenseits der Haizone.«

»Haizone?«, wollte Ed wissen und kicherte dabei nervös.

»Wie seid ihr denn hier heruntergekommen?«

»Mit unserem Schiff, der Instant Karma!«, sagte Captain stolz. »Uns hält eigentlich nichts wirklich auf.«

»Nun ja, die Haizone durchdringt eigentlich niemand ...«

»Wir haben es jedenfalls geschafft, alter Junge«, sagte Captain mit einem Zwinkern und patschte dem Wal auf seine Walschultern. Der sah ihn nur irritiert an und sperrte für einen Moment sein Maul weit auf. Die anderen wirkten auf ihre starre Art noch starrer und die Haustiere seltsam nervös.

Captain hob abwehrend die Hände.

»So machen wir Menschen das. Kein Grund, gleich fischig zu werden ...«

»Warum heißt sie Haizone?«, wollte HeyDu schnell wissen, um auf diese Art die Peinlichkeit ein wenig zu übertönen.

»Äh ...«, machte der Wal und schüttelte sich. »Nun ja. Sie heißt so, weil dort die Haie leben.«

»Haie? Wir haben keine gesehen.«

Für einen Moment herrschte seltsame Stille und keiner der Wasserbewohner gab auch nur einen Blubb von sich.

»Dann hattet ihr außerordentliches Glück, wie mir scheint. Diese Zone konnte von uns noch nie jemand sicher durchqueren und heimkehren. Die Haie sind extrem aggressiv und greifen alles und jeden an, der sich dort aufhält. Sie wittern fremdes Leben.«

»Wovon ernähren sie sich dann?«, wollte HeyDu wissen, deren wissenschaftliches Interesse geweckt war.

»Von Meeresbewohnern, die unvorsichtig sind, und von sich selbst, nehme ich an. Aber die sind ohnehin so weit oben, da gehen wir einfach nicht hin, nicht wahr?«, antwortete der Walkopf und sah dabei der Reihe nach in quälender Langsamkeit seine Kumpane an, von denen keine wirkliche Reaktion kam.

»Dürften wir fragen, wie eure Namen sind?«, wollte Captain wissen.

»Selbstverständlich. Ihr seid aber höflich«, antwortete der Walkopf und sagte nichts mehr. Nach einem Moment des Schweigens und der Irritation auf Seite der Humanoiden fragte HeyDu: »Wie lauten eure Namen denn?«

»Schön, dass ihr fragt! Mein Name ist Huhulu, das hier«, er zeigte auf den Hammerhai, »ist Frigo. Der hier«, nun wanderte sein Finger zu dem Pfeilkopf, »ist Loholo und er hier ist Pihipihi-hihi.«

»Warum hat der da einen so winzigen Kopf?«, wollte Captain wissen und konnte ein Kichern nicht verbergen. Die Fischleute sahen ihn verwirrt an. Sehr lange.

»Ihr kommt gerade rechtzeitig. Wir führen gleich eine Kreuzfahrt durch. Das wäre doch eine tolle Gelegenheit, euch die Wunder unseres Planeten hier vorzuführen!«, sagte Huhulu, der Walkopf, schließlich nach einer ausreichend peinlichen Pause.

»Na das klingt doch nach einem Plan«, sagte Captain. Ed warf HeyDu einen Blick zu und verdrehte die Augen.

Das Schiff war enorm. In jeder Hinsicht. HeyDu musste gestehen, dass sie bisher noch nichts gesehen hatte, was so schön, elegant und gleichzeitig gigantisch aussah. Dieses Schiff war ein Kunstwerk. Mehrere Gangways führten nach oben, wo livrierte Diener standen. Die Gruppe folgte Huhulu hinauf und betrat den Luxusliner. Im ersten Gang huschte ein Shim-Shim herbei und balancierte ein Tablett mit Drinks und Häppchen auf einem seiner zahllosen Tentakel.

»Wir haben hier eine Atmosphäre, in der ihr auch atmen könnt«, sagte Huhulu und deutete mit einer Flosse auf ihre Helme. Captain nahm seinen sofort darauf ab und griff bei Häppchen und Drinks zu. Ed folgte seinem Beispiel etwas vorsichtiger und aktivierte darüber hinaus das kleinere mobile Interface, das aus dem Kragen seines Anzugs herausfuhr und sich wie ein Monokel über sein rechtes Auge legte. HeyDu behielt vorerst den Helm auf, nahm sich vorsichtig eines der langstieligen Gläser, beäugte den himmelblauen Inhalt und dachte darüber nach, ob man hier überhaupt ein Wort für die Farbe Himmelblau hatte. Nach einem vorsichtigen Seitenblick auf Ed und Captain, die beide ihre Gläser im Nu leerten und nicht gleich umfielen, wurde sie etwas zuversichtlicher, sah aber auch, wie sich an den beiden deutlich Wasserperlen bildeten in dieser feuchten Luft. Sie verzichtete darauf, den Helm abzunehmen, und nahm stattdessen den Schlauch in ihrem Helm zu Nutze, mit dem sie ihren Drink trinken konnte. Es schmeckte ihr überraschend gut, süß und fruchtig, und sie fragte sich, wie man ohne Sonne hier an Zucker oder andere Süßungsmittel kommen mochte.

»Wie macht ihr, dass der Drink so süß ist? Bei uns braucht es für Zucker Sonnenlicht«, fragte sie schließlich, unfähig ihre Neugier zu zügeln.

Huhulu sah sie einen verstörend langen Augenblick aus riesigen toten Augen an. Dann kam so etwas wie ein lachender Walgesang aus ihm heraus.

»Wir haben dafür Maschinen, die so ziemlich alles synthetisieren können!«

»Woraus ist der Drink denn?«, wollte Ed wissen, der sich offenbar mit den gleichen Fragen herumschlug.

»Nun, um ganz ehrlich zu sein, wurden eure Körper beim Eintreten in die Kuppel einem vollständigen Scan unterzogen. Wir haben jetzt alles über euch in unserer Datenbank: Vorlieben, Geschmacksausprägungen, Neigungen ... Sämtliche Drinks und Speisen wurden daraufhin auf eure jeweiligen Profile hin optimiert und synthetisiert. Wir wissen auch, dass ihr bei euch keine tierischen Produkte verzehrt, auch darauf konnten wir achten.«

Ed und HeyDu warfen sich und ihren Drinks verwirrte Blicke zu.

»Können wir das mal alles mit eigenen Augen sehen? Wie ihr das synthetisiert? Und woraus macht ihr das?«

Synthetische Lebensmittel waren die beiden zwar grundsätzlich gewohnt, aber hier war alles so anders. Ein ungutes Gefühl kam bei ihnen auf.

»Nur die Ruhe, dazu kommen wir im Laufe der Kreuzfahrt«, gab Huhulu zurück und HeyDu hätte schwören können, dass er ihr zugezwinkert hätte, wenn er Augenlider gehabt hätte.

»Na wenn das so ist!«, tönte Captain und nahm sich gleich mehrere Häppchen vom Tablett, wobei er sie übereinander balancierte, bevor er sie ihrem unvermeidlichen Schicksal zuführte. HeyDu hingegen beschloss bei dem Anblick, dass sie es lieber mit den Drinks hielt.

Huhulu führte sie in eine Art Lounge am vorderen Teil des Schiffs. Auch dort wartete bereits ein Schwarm livrierter Diener mit Häppchen und Drinks aus dem Synthesizer auf sie. HeyDu nutzte die Gelegenheit und tauschte ihr leeres gegen ein volles Glas, in der Hoffnung, ihr momentanes Verlangen nach Alkohol wäre vom Scanner bereits vorausschauend erfasst worden. Vor ihnen befand sich ein

Panoramafenster, das über die komplette Breite des Schiffes Ausblick auf die Außenwelt geben konnte. Für ganz verwegene Unterwasserbewohner gab es sogar ein Außendeck, leicht tiefer gelegen, damit es den Ausblick von innen nicht störte.

Ein wohlig den Gehörgang entlangschmeichelndes Bimmeln ertönte und darauf erklang die Durchsage, dass das Schiff nun an Fahrt aufnehmen würde und kurz darauf die sichere Käseglocke dieser Stadt verlassen würde. HeyDu fragte sich bei dem Gedanken auch gleich, ob man hier Käseglocken kannte.

Als sie sich der Barriere näherten, wurde ein riesiger Bereich, der aussah wie die wellige Oberfläche eines Sees, waagrecht vor ihnen sichtbar. Das Schiff glitt wie mühelos hindurch. Draußen waren sie nun in der natürlichen Umgebung der dortigen Unterwasserbewohner und trotzdem hörte HeyDu um sie herum das erstaunte Aufatmen der anderen Passagiere. In ihrer Nähe stand ein großer Oktopode mit lauter kleineren Versionen von sich an jedem der acht Arme und mehrere davon zupften jetzt an ebenjenen Armen.

»Mama, dürfen wir nach draußen?«, quengelten sie abwechselnd, bis die Mutter sie ziehen ließ.

»Wenn ihr hinunterfallt, haltet euch an einem Stein fest. Papa kommt euch dann holen!«, rief sie ihnen hinterher.

HeyDu hörte das Sirren einer Tür, wandte sich um und sah eine große Öffnung in der Wand, aus der jetzt einige Diener schwebende ... Badewannen hereinschoben. »Ah, endlich!«, sagte Huhulu und seine toten Augen strahlten freudig.

»Was ist das?«, wollte Ed wissen.

»Nun ja, wie legen uns da hinein und genießen das Wasser«, antwortete der Anführer der Shim-Shim.

»Aber draußen ist doch auch Wasser? Warum geht ihr nicht einfach raus?«

Ein Dienerfisch schob sich zu ihnen und wollte offenbar Huhulu entlasten, indem er selbst auf die Fragen einging:

»Das Wasser draußen ist eher für die gewöhnlicheren Bewohner und die Kinder. In diese Wannen kommt nur das beste Wasser aus einer unterirdischen Quelle.«

»Aber ... warum?«, wollte Ed entgeistert wissen.

»Dieses Wasser ist einfach das feinste Erlebnis für alle Sinne! Sie sollten es selbst einmal ausprobieren!«, antwortete der Diener und wies mit einer Flosse einladend auf eine freie Wanne. In den anderen befanden sich bereits die Oberen dieses Wasserreichs und genossen den eingebauten Whirlpool und Snacks, die ihnen ihre Diener willig darreichten.

»Fischwesen, die das Baden in besonderem Wasser zu einem Erlebnis perfektioniert haben ... Das würde nicht mal uns Menschen einfallen«, raunte Ed HeyDu zu. HeyDu sah sich in der Lounge weiter um und bestaunte den hohen Stand der Technik. Sie führte einen optischen Scan der Geräte durch und verglich die Technologie mit ihrer Datenbank. Bald blinkte im rechten Rand ihres Gesichtsfeldes – neben den aktuellen Kabaddi-Ergebnissen – die Info auf, dass der Scan nun abgeschlossen sei. Sie wechselte zur Ergebnisseite und stellte verblüfft fest, dass diese Technologie weit über dem lag, was normal für eine

Zivilisation wäre, die bereits interplanetare Kolonisation betrieb.

»Habt ihr auch eine Raumflotte?«, wollte sie von Huhulu wissen. Der starrte sie nur sehr lange starr aus seiner Badewanne an. Schließlich antwortete er: »Nein, wozu? Wir haben hier alles. Außerdem ist es ja nicht ganz ungefährlich ...«

»Aber interessiert es euch nicht, was es da draußen noch so alles geben könnte?« »Unser letzter Besucher hier unten brachte uns all das, was wir heute genießen dürfen. Die Technologie, die Energiequelle, den Fortschritt ... Er hat uns beigebracht, wie wir unser Leben hier in einem Ausmaß genießen können, dass jeglicher Wunsch, von hier wegzugehen, verschwunden ist«, sagte der Walkopf und so etwas wie ein Lachen gurgelte danach durch den Raum.

»Was war das für ein Besucher?«, wollte Ed wissen.

»Sein Name war Glu-kox-Iol und er brachte uns diesen Wohlstand. Seitdem nehmen wir andere Fremde in unserer Mitte immer freundlich auf«, antwortete Huhulu und rieb seinen weißen Bauch mit Wasser aus der Wanne ein, in der er lag.

»Oh, daher weht der Wind«, sagte HeyDu über den internen Kommunikationskanal und überprüfte erst danach, ob sie ihn auch wirklich aktiviert hatte. Zu ihrer Erleichterung war das so.

»Das ist sehr nett von euch!«, sagte Captain, ohne auf sie einzugehen.

»Von welcher Energiequelle sprecht ihr?«, wollte Ed wissen.

»Na die große Quelle. Mit ihr betreiben wir alles, und das ohne auch nur den geringsten Aufwand.«

»Unendlicher Luxus«, murmelte HeyDu.

»Richtig!«, pflichtete Huhulu ihr bei.

»Können wir sie sehen?«

»Nein, da fahren wir heute nicht hin«, antwortete der Wal und winkte mit einer Flosse ab.

HeyDu warf Ed einen Blick zu, verkniff sich aber einen Kommentar. Etwas roch für sie hier fischig und sie wurde das Gefühl nicht los, dass der Geruch schlimmer wurde.

»Eigentlich sind wir hier, weil wir ein Notsignal abgefangen haben«, fing sie vorsichtig in eine andere Richtung an zu stochern. »Wisst ihr davon etwas?«

»Ein Notsignal? Davon weiß ich nichts. Warum auch, uns geht es blendend!«, gab Huhulu zurück und sein Walbauch hüpfte vor Lachen auf und ab.

Ein Läuten ertönte, dicht gefolgt von einer Nachrichtenübertragung über die Kommunikations-anlagen.

»Bitte begeben Sie sich auf die Aussichtsplätze. Wir starten demnächst mit unserer Lightshow.«

Die Shim-Shim in den Badewannen wälzten sich heraus, ließen sich von Dienern sogar abtrocknen und bewegten sich dann zur Fensterfront der Lounge. Captain, Ed und HeyDu taten es ihnen gleich, wobei Captain viel Wert darauf legte, den Dienern auf seinem Weg noch möglichst viele Häppchen abzu-nehmen. Vor ihnen erstreckte sich ein großer Spalt im Meeresboden, der sich in die Ferne immer weiter ausbreitete. Die Dunkelheit vor ihnen schien alles zu verschlingen und beinahe ewig zu sein.

Ein einzelnes kleines Schiff löste sich aus dem Rumpf ihres Kreuzers und verharrte schließlich für alle gut sichtbar über dem Abgrund.

Und plötzlich explodierte es. Die Detonation breitete sich wellenförmig davon aus und sie sah einige Kinder der Shim-Shim, wie sie belustigt auf und ab hüpften, während die aufkommende Strömung sie leicht umspielte. Vom Detonationsherd gingen mehrere Splitter aus, die jetzt ihrerseits gesprengt wurden. Gleichmäßig, kontrolliert. Sternförmig verteilten sie sich um die alte Explosionsquelle und als sie hochgingen, wurden irgendwelche Chemikalien ins Wasser abgegeben, die sich schnell wie die Funken eines Feuerwerks verteilten und die verrücktesten Muster ins Wasser malten. Fast zeitgleich ertönte missklingende Shim-Shim-Musik über das Kommunikationssystem und Laserstrahlen durchpflügten das Wasser. Mit einem Mal war die Dunkelheit über dem Spalt taghell erleuchtet und HeyDu musste sich abwenden, weil sie so geblendet wurde.

Die Shim-Shim um sie herum jauchzten fröhlich und erfreuten sich an dem Spektakel.

Als sich HeyDus Augen an die Helligkeit einigermaßen gewöhnt hatten, warf sie wieder einen Blick hinaus und erschauerte: Die Ewigkeit in der Ferne war leer. Keine Schatten schwammen in der Ferne, kein Anzeichen von irgendetwas dort. Weitere kleine Drohnen schossen vom Schiffsrumpf hervor und sprühten irgendwelche fluoreszierenden Stoffe ins Wasser, die sich mit den Laserstrahlen verbunden zu einem immer wahnwitzigeren Lichtspiel entfalteten.

Und weitere dieser kleinen Mini-U-Boote sprengten sich zur Belustigung aller in die Luft.

Grund genug für HeyDu, wieder in den internen Kommunikationsmodus mit ihrer Crew zu wechseln.

»Finde nur ich die Verschmutzung und die Sorglosigkeit hier seltsam?«

»Ja«, kam von Captain. Er sah wie gebannt nach draußen und konnte kaum genug von dem Spektakel bekommen.

»Ich finde es auch seltsam. Mir ist zumindest nicht bekannt, dass wir auf der Erde zum Spaß kleine Boote in die Luft gesprengt haben.«

»Ach Leute. Jetzt entspannt euch mal!«, sagte Captain und nuckelte dabei an einem weiteren Cocktail.

HeyDu sah Ed an, rollte mit den Augen und schaltete wieder in den allgemeinen Kommunikationskanal.

Zur Erklärung dieses Kommunikationskanals: Bei interner Kommunikation wird der Übersetzer ausgeschaltet und der Klang zielgerichtet abgegeben. Für Außenstehende ist also nichts zu hören. Allerdings muss man dann natürlich selbst auch leise reden. Interessanterweise gehört Bauchreden zur Grundausbildung aller Crewmitglieder, ebenso wie Zeichensprache, was aber mit den klobigen Raumanzügen wenig hilft.

»Wie entsorgt ihr all den Abfall, der hier entsteht?«, wollte sie wissen und Captain wäre beinahe das Häppchen, das er sich jetzt in den Mund schieben wollte, wieder aus der Hand gefallen.

Huhulu sah sie an und irgendwie hatte sie das Gefühl, als wäre er verwirrt oder so. Sie dachte darüber nach, ob ihre Anzüge nicht auch ein System bekommen könnten, mit dem man die Mimik von Aliens deuten konnte.

»Welcher Abfall?«, wollte der Walkopf wissen.

»Naja, ihr sprengt hier lauter kleine Schiffe in die Luft und sprüht Chemikalien ins Wasser ... Wie werden die Rückstände entsorgt?«

Der Wal winkte mit einer Flosse nachlässig ab.

»Ach das. Das schafft die Natur schon von alleine.«

»Woraus bestehen denn die Chemikalien zum Beispiel?«, wollte sie wissen.

»Aus Zeug eben. Das passt schon!«

»HeyDu, jetzt lass es gut sein«, sagte Captain auf dem internen Kanal etwas aufgebracht.

»Sie hat schon recht, wir sollten da mal ein Auge darauf werfen. Das Notsignal kam von hier«, sprang ihr Ed zur Seite.

»Na schön, aber wir versuchen es ein bisschen diplomatischer, ja?«

HeyDu drehte sich wütend um, um ihn nicht weiter mit dem Cocktail in der einen und dem Häppchen in der anderen dastehen zu sehen. Dabei spürte sie einen Widerstand am Bein, aber da sie zu aufgebracht war, hatte sie sich mit zu viel Schwung umgedreht. Kälte schlich an ihrem Bein in alle Richtungen entlang und hektisch sah sie an sich hinab. Neben ihr war ein niedriger Tisch und an dem hatte sie sich die Hose aufgerissen. Die feuchte Luft des Raumes strömte hinein und mit ihr stieg Panik in ihr auf. Nicht mehr lange, und ihr ganzer Kopf wäre komplett nass. Und sie wäre unsichtbar.

»Mist!«, fluchte sie. »Ich hab mir ein Loch in den Anzug gerissen. Ich muss zurück zum Shuttle und mir einen anderen Anzug besorgen.«

Huhulu sah sie entnervend lange an.

»Wir können euch zu eurem Shuttle zurückbringen, wenn es euer Wunsch ist.«

Irgendwie hatte sie diesmal das deutliche Gefühl, dass er darüber gar nicht so betrübt war. Er winkte einen Diener herbei und der gab HeyDu zu verstehen, dass sie ihm folgen sollte.

»Wartet nicht auf mich, ich kehre am besten gleich zurück zur Instant Karma. Die ganze Mission hier ist doch ein Witz«, sagte sie gallig zu ihren Crewmitgliedern und eilte dem Fischdiener hinterher, um möglichst schnell aus dem Sichtfeld dieser vielen Leute zu kommen.

Der Diener führte sie wortlos durch die Gänge, durch schier zahllose Türen und sie hätte ihn am liebsten angebrüllt, er solle sich mehr beeilen. Die Kälte kroch bereits ihren Hals hinauf. Es war zwar nicht, als wäre sie direkt mit Wasser in Kontakt, aber über die Zeit würde auch das reichen, um die Unsichtbarkeit auszulösen. Sie hasste sich dafür. Und sie hasste diesen Planeten. Sie hatte beim Atmosphäreneintritt schon gewusst, dass diese Mission eine ganz furchtbare Mission war. Und jetzt bezahlte sie den Preis dafür, dass sie nicht auf ihre innere Stimme gehört hatte.

Der Diener erreichte endlich eine letzte Tür und dahinter war ein kleines Dock für Rettungsschiffe oder sowas in der Art. Sie bestiegen eines davon und zu HeyDus Erleichterung war es ein Zweisitzer. Die

Sitze lagen hintereinander und er würde es gar nicht merken, wenn sie schließlich unsichtbar werden würde. Beim Aussteigen konnte sie sich immer noch von ihm wegdrehen und schnell das Weite suchen.

Das Shuttle startete mit einem hohen Fiepen der Elektrik und durch eine Art Torpedorohr wurden sie ins Meer katapultiert. Sie sah durch die großzügige Scheibe nach draußen und versuchte, sich mit dem Gedanken zu trösten, dass sie jetzt immerhin eine private Fahrt durch diese Unterwasserwelt bekommen sollte.

Und sie hasste es dennoch.

Als sie wieder in der Kuppel waren und der Diener sie an ihrem Shuttle absetzte, murmelte sie ein »Danke« in seine Richtung und sprang fix aus dem kleinen Schiff. Ohne auf eine Antwort zu warten, marschierte sie zu ihrem Schiff, stieg ein, wartete ungeduldig und gedemütigt in der Schleuse, bis die Luke versiegelt war, und ließ sich kurz darauf in den Pilotensitz fallen. Ohne noch viel Zeit zu verlieren, verließ sie die Stadt in Richtung Instant Karma.

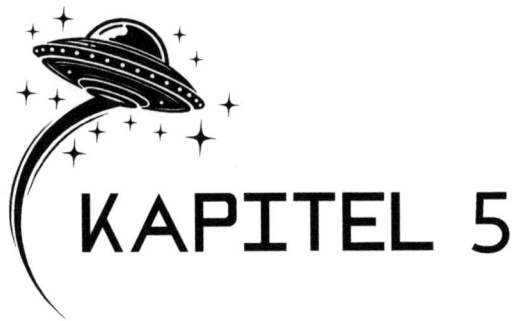

KAPITEL 5

Bevor sie das Schiff erreichte, bog sie an einem Riff ab und hielt dort in einer Schlucht an. Sie wollte sich erst gebührend abtrocknen, ehe sie so der restlichen Crew unter die Augen trat. Ihre nackte Unsichtbarkeit war so beschämend für sie, dass sie für einen Moment mit sich haderte, nicht irgendetwas zu zertrümmern. Sie trat vor den Spiegel und sah hinein. Es war nicht nur verwirrend, darin kein Spiegelbild zu sehen, es war zudem etwas, wovon zum Beispiel Menschen wohl im Gesicht rot werden würden. Der einzige Hinweis darauf, dass sie dort stand, war ihr Halsband, das ihr bei der Übersetzung half. Ihr Nicht-Anblick widerte sie an. Und der Rest der Besatzung wollte ihre Gefühle dabei einfach nicht verstehen. Voller Scham wandte sie sich ab und sah nach draußen, wollte das Wasser am liebsten anschreien oder sinnlos mit Dingen bewerfen. Dabei erinnerte sie sich an eine Entspannungsübung, die sie einmal von Jane gelernt hatte.

»Okay, Mädchen. Fixier dich auf einen Punkt vor dir und konzentriere all deine Sinne darauf ...«, rezitierte sie wütend.

Sie starrte auf einen Punkt irgendwo da draußen, in der verhassten Nässe. Es war ein Stück … irgendwas. Es stach heraus aus dem Riff. Irgendwie … organisch? Es war bunt, beinahe farbenfroh in dieser tristen Umgebung.

Und so sah sie es.

Vor ihr war ein absterbendes Korallenriff. Und dieses kleine Stück war der letzte Rest davon. Sie aktivierte den Zoom am Display des Steuerungsmoduls und sah, dass drum herum lauter abgestorbene Reste des Riffs waren. Ihr Forscherdrang überlagerte ihre Abneigung. Sie ging zum Equipmentschrank und wühlte darin herum, bis sie gefunden hatte, was sie suchte. Sie hielt das kleine Gerät schließlich hoch und betrachtete es misstrauisch. Es war ein Teil, das Konrad irgendeinem zwielichtigen Typen bei einem auf dessen Heimatplanet nicht ganz legalen Kartenspiel abgeluchst hatte. Das Spiel hatte irgendwie mit giftigen Insekten zu tun, die man bei bestimmten Karten essen musste. HeyDu schüttelte es bei der Erinnerung daran und sie war sich gar nicht sicher, ob das Spiel überhaupt irgendwo im Universum legal gewesen wäre.

Das Gerät war ein Wunderwerk der Technik. Im Prinzip bestand es aus einem Mundstück und einem Filter, der nach einer Umgebungsanalyse für synthetisierte Atemluft sorgen konnte. Sie ging zum Hauptrechner und ließ den Umgebungsscan sicherheitshalber nochmals durchlaufen. Die Ergebnisse konnte sie auf das Gerät überspielen. Der Anzug war ohnehin defekt, also entschied sie sich nackt und unsichtbar nach draußen zu gehen, um eine Probe zu entnehmen. Ihr Pflichtbewusstsein drängte sie dazu, wenigstens ein wenig wissenschaftliches Material zu sammeln. Als sie das Atemgerät in den Mund nahm, schaltete sich automatisch der Tarnmodus an, der das Gerät optisch an die Umgebung anpassen konnte. Bei genauem Hinsehen hätte man eine Spiegelung in der Luft wahrnehmen können, aber aus der Ferne war sie quasi komplett unsichtbar – bis auf ihren eigenen Kommunikator, den sie am Hals trug. Kurz überlegte sie, ob sie ihr Halsband abnehmen sollte, aber das war ihr dann doch zu viel. Es diente ihr zur Übersetzung ihrer eigenen Sprache und war aus veralteter Technologie zusammengeschraubt. Einen Tarnmodus gab es nicht. Daher würde ein Beobachter ein einzelnes Halsband im Wasser herumschwirren sehen. Aber wer sollte sie hier draußen schon finden? Sie wollte nur kurz eine Probe entnehmen und wäre innerhalb weniger Minuten wieder zurück. Für alle Fälle nahm sie Ohrstöpsel mit, die mit dem System verbunden waren und ihr zumindest das übersetzen würden, was sie unter Wasser eventuell an Kommunikation aufschnappen konnte, falls doch einer dieser Shim-Shim hier vorbeikommen sollte.

Als sie mit Probefläschchen und dem mobilen Oberflächenscanner in der Schleuse stand, haderte sie eine Weile mit sich. Den Finger über dem Schalter für einige Augenblicke haltend, schluckte sie die Sache schließlich herunter und drückte beherzt darauf. Dann schloss sich die Tür zur Kabine und der Raum wurde geflutet.

»Dauert es eben noch ein wenig, bis ich wieder trocken bin«, murmelte sie, als das Wasser immer höher stieg und sie wieder in Unsichtbarkeit tauchte. Sie trat hinaus in diese zähe Welt und kämpfte sich durch das Wasser bis zu dem Punkt vor der Fähre, den sie fixiert hatte. Das Atemgerät funktionierte tadellos und ihre Zuversicht wuchs. Aus der Nähe sah sie die abgestorbenen Korallen. Sie fasste vorsichtig hin und brach sofort ein Stück aus Versehen ab. Sie steckte es in einen der kleinen Probenbehälter und fragte sich, was der Grund für dieses massive Absterben sein mochte. Die letzte lebendige Stelle in der gesamten Felsformation erreichte sie nach einiger Zeit. Es war nur noch ein schwaches buntes Aufglimmen. Sie streckte die Hand mit dem Entnahmegerät aus, um eine Probe davon zu entnehmen.

»rrrrRRRRRUUUUHHHHHEEEEEeeeeee.«

Das Probengerät glitt ihr aus den Fingern und sie sah sich gehetzt um. Es war eindeutig eine Stimme, die da zu ihr gesprochen hatte, denn sie hörte digitale Artefakte ihres Übersetzers heraus. Es musste eine sehr seltene Sprache sein, dass es das Gerät so ins Schwitzen brachte. Da sah sie, wie das Wasser vor ihr in Wirbeln verschwamm und sich schließlich aus dem Nichts eine Gestalt herausschälte. Ihr Herz raste, sie suchte nach einer Fluchtmöglichkeit, wusste aber gleichzeitig, dass es keinen Sinn hatte, unter Wasser davonzurennen.

Die Figur vor ihr schien sie aber nicht anzugreifen. Sie ... war sie?

Dieses Wesen sah aus wie HeyDu – nur eben aus Wasser und ... nun ja, auch durchsichtig – irgendwie.

»Komm«, ertönte es in ihrem Ohr. Diesmal schon wesentlich artikulierter. Und weil ihr in diesem

Moment auch nichts wirklich Besseres einfallen wollte, kam sie der Aufforderung nach.

Die beiden marschierten weiter von der Fähre weg, was HeyDus Nervosität nicht wirklich verscheuchte. Aber die Neugier hatte sie seit dem Moment in der Schleuse in Geiselhaft genommen und es gab jetzt einfach kein Zurück mehr. Trotzdem verfluchte sie sich dafür, ohne ihren Anzug hier zu sein. Denn mit der Helmkamera hätte sie zumindest die Sache aufzeichnen können für später. Was war das für ein Wesen? Ein Imitator?

»Das Wasser«, hörte sie in ihrem Kopf.

Ihre Augen formten ein »Hä?«, denn durch ihre geniale Idee, nackt und nur mit einem in einem illegalen Spiel gewonnenen Sauerstoffgenerator ausgerüstet eine unbekannte Welt zu betreten, konnte sie ja nicht sprechen.

»Ich. Bin.«

HeyDu starrte das Wasserwesen noch eine Weile unterm Gehen verständnislos an, dann dämmerte es ihr langsam. Dieses Wesen war das Wasser. Eine Manifestation. Sie merkte, wie die Faszination und Verblüffung jeglichen Rest von Nervosität hinwegfegte.

»Gleich. Da.«

Es wurde allmählich dunkler um sie herum. Der Grund war aber weniger das fehlende Licht, sondern etwas anderes im Wasser. Schwarze Schlieren zogen an ihnen vorbei. Schließlich erreichten sie einen Abgrund. HeyDu blickte hinab und erstarrte.

Vor ihr tat sich eine gigantische Müllhalde auf. Zahllose kleinere und größere Schiffe lagen hier.

Alltagsschrott, Dinge, die einfach nicht verrotten wollten. Hier und da glühte etwas zwischen den Trümmern.

Die Gestalt aus Wasser gab ihr mit einem Wink zu verstehen, dass sie zurück zum Schiff gehen sollten. HeyDu folgte verwirrt bis zur Schleuse.

»Einsteigen«, sagte das Wasser.

HeyDu gehorchte und betätigte den Schalter. Das Wasser um sie herum wurde abgepumpt und in ihrem Kopf überschlugen sich die Gedanken. Ihre Unsichtbarkeit und ihre Scham dahinter war ihr gerade egal, als sie die Pilotenkanzel des Schiffs betrat und den Kommunikator aktivierte.

»Hallo? Hörst du mich?«, wollte sie wissen.

»Ja, das ist schon besser«, antwortete eine sanfte Stimme von außerhalb des Schiffs.

Für den Fall eines Erstkontakts waren alle Schiffe mit Kommunikationssystemen ausgestattet, die es der Crew erlaubten, in Sicherheit vor Giftpfeilen, Laserkanonen, Zähnen oder sonst etwas zu verhandeln, falls eine Situation zu eskalieren drohte.

»Ich kann zwar deine Gedanken lesen, aber das ist echt anstrengend. Und so ... Das ist echt schräg, was da in deinem Kopf vor sich geht!«

»Was bist du?«

»Ich? Äh ... Das wurde ich wohl ... noch nie gefragt! Nun, streng genommen wurde ich schon sehr lange nichts mehr gefragt ... Die Leute reden heutzutage ja nicht mehr mit mir.«

»Na toll, eine Quasselstrippe«, murmelte HeyDu und betätigte danach wieder den Kommunikator. »Okay, ein Thema nach dem anderen. Also: Was bist du?«

»Nun ... Ich bin das Wasser.«

»Wie kann ich mir das vorstellen?«

»Ich verstehe die Frage nicht ganz. Du warst das doch gerade da draußen, völlig unsichtbar und so, oder?«

»Ich meine: Wie kann das Wasser sprechen?«

»Wie sprichst du denn?«

HeyDu war für einen Moment sprachlos. Dieses Wesen hatte ein anderes Verständnis der Welt und sie musste das irgendwie anders angehen.

»Wie kommunizierst du? Ich habe Stimmbänder, über die ich Töne erzeuge, die du hörst.«

»Ach so, das. Hast du noch nie Wasser gesehen?«

»Natürlich. Ich bin humanoid, ohne Wasser kann ich gar nicht überleben.«

»Warum schämst du dich dann so, wenn es dich berührt?«

HeyDu bekam tatsächlich warme Ohren.

»Wie bitte?«

»Habe ich undeutlich ... Entschuldige, manchmal nuschle ich vielleicht ein wenig. Ich hab ja nicht so viele Gesprächspartner hier. Also eigentlich schon, aber diese Tiere hier auf diesem Planeten haben echt nicht so viel im Kopf ... Es tut mir ja echt leid, dass ich das so direkt ...«

»Ich meinte: Woher weißt du, dass ich mich schäme?«

»Du hast es doch kommuniziert? Sehr laut und deutlich sogar.«

»Ich habe doch gar nichts gesagt!«

»Oh je, du musst ja ein völlig anderes Verständnis vom Leben haben als ich.«

HeyDu seufzte genervt.

»Also ich versuche es mal anders: Du hast natürlich nichts gesagt. Aber das ist doch nicht die einzige Art, wie man miteinander kommuniziert, oder? Die Fische tun es, die Shim-Shim tun es, sogar die Algen tun es. Irgendwie. O.k., nicht so ganz. Worauf ich hinauswill: Ich bin offen für jegliche Art der Kommunikation. Wasser dringt überall hin. Sobald ich eine Verbindung zu einem Körper habe, habe ich auch Verbindung zu allem in diesem Körper.«

»In meine Gedanken?«

»Sogar bis in deine Ohren!«

»Äh ...«

»Kannst du das nicht?«

»Na ja, ich kann es sehen, wenn sich jemand schämt. Aber ich kann es nicht ebenso hören wie ein Wort, das jemand an mich richtet.«

»Oh. Verstehe.«

»Na prima. Also, wie kann ich mir das vorstellen, dass du das Wasser bist?«

»Ich weiß nicht, was an dem Satz so schwer zu verstehen ist ...«

Klang es ... genervt?

»Wo ich herkomme, spricht das Wasser nicht zu mir. Und ich habe das auch sonst noch nie erlebt.«

»O.k., ich bin vielleicht nicht ganz so wie andere Wasser.«

»Wie soll ich mir das denn nun vorstellen?«

»Na ja, redseliger halt. Ich hab aber auch noch nicht so viele andere Kollegen kennengelernt.«

»Was passiert denn, wenn ich von dir einen Schluck mitnehme. Bist du dann geteilt?«

»Hm ... Eine wichtige Essenz meines Daseins ist meine Verbundenheit mit diesem Planeten. Diese Welt ist komplett von mir bedeckt. Die paar Tropfen in deinem Schiff sind noch eine ganze Weile mit mir verbunden, aber irgendwann reißt die Verbindung ab. Ich lebe in Symbiose mit allem hier und ohne existiere ich nicht. Da kommen wir auch schon zu meinem grundlegendsten Problem.«

»Hast du uns den Notruf gesendet?«

»Ja klar. Wer denn sonst?«

»Wie hast du das gemacht?«

»Bekommst du eigentlich irgendwas für diese komischen Fragen? Ich habe das Notrufsystem der Shim-Shim benutzt.«

»Und warum können sie dir nicht helfen?«

Ein Grollen brachte das Schiff zum Vibrieren und HeyDu hielt sich instinktiv am Pult fest.

»Komm mit«, sagte das Wasser und klang mit einem Mal nicht mehr ganz so freundlich.

Vor dem Schiff manifestierte sich wieder eine Figur, diesmal aber in der Form eines großen Fisches. HeyDu startete die Maschinen und folgte ihm. Sie schwammen wieder zu der Müllhalde. Diesmal ging es über den Abgrund hinaus und über den Abfall hinweg. Da bekam HeyDu so eine Ahnung ...

»Die Shim-Shim sind dein Problem, oder?«

»Richtig!«, gab das Wasser beinahe vergnügt von sich.

»Aber was soll ich jetzt für dich tun? Ich kann ja schlecht die ganze Stadt ausrotten.«

»Also grundsätzlich hörst du schlecht zu. Ich kann ohne eine einzige Art auf diesem Planeten nicht existieren. Aber umgekehrt gilt das natürlich auch. Und einer dieser Organismen schädigt seit längerer Zeit in unglaublichem Maße das Ökosystem. Die absterbenden Korallen hast du ja bereits gefunden.«

»Aber warum nimmst du nicht mit ihnen direkt Kontakt auf?«

»Sie haben verlernt, mir zuzuhören. Hm ...«, machte das Wasser und eine Pause entstand. »Eigentlich ganz ähnlich zu dir. Du kennst auch nicht alle Formen der Kommunikation. Und so haben sie es verlernt, mit mir zu reden. Oder sie wollen es nicht. Hast du ihren Luxus gesehen? Den gibt es nun mal nicht ohne einen sehr hohen Preis.«

»Aber was verlangst du denn jetzt von mir?«

»Du musst sie dazu bringen, dass sie mir zuhören.«

»Wie?«

»Es gibt da jemanden, den muss ich dir da vorstellen, glaub ich.«

Sie sah die eigentümliche Behausung bereits von Weitem. Das Wasser führte sie mit der Fähre durch eine dunkle Schlucht, die in einer Art Unterwassertal endete, in dem sich eine schiefe Hütte befand. Die Figur löste sich auf.

»Sprich mit ihm. Ich lass dich das alleine machen.«

»Wie soll ich dich eigentlich nennen?«, wollte HeyDu wissen.

»Ist doch egal. Ich bin eh ständig um dich herum.«

»Alles klar, äh ... Wasser.«

Sie landete vor der Behausung und nachdem sie keine nennenswerte Gefahr ausmachen konnte, schaltete sie den Kommunikator wieder an.

»Hallo? Wohnt hier jemand?«

Stille. Nichts schien sich zu rühren. Doch dann bewegte sich etwas, das einer Tür am nächsten kam. Das Haus, das zur Tür gehörte, war ein Haufen aus Schrottteilen, als wären es die Überreste eines Raumschiffs.

»Wer ist da?«, hörte sie eine ängstliche Stimme aus dem Dunkeln blubbern.

»Mein Name ist HeyDu und das Wasser hat mich zu dir geführt. Es geht um die große Müllhalde.«

Wieder einige Augenblicke Stille.

»Dann komm zu mir rein. Ich rede nicht zu diesem Blechmonster.«

Damit meinte er wohl das Shuttle. HeyDu schaltete den Kommunikator ab.

»Na prima.«

Sie sah in die Ecke, wo ihr Raumanzug trocknete und sich unter ihm bereits eine Pfütze gebildet hatte. Sie hatte keinen Ersatz. Aber es half auch nichts. Sie konnte wenigstens den Helm abdichten, damit sie sich unterhalten konnte. Sie streifte den klitschnassen Anzug widerwillig über und ging zur Schleuse. Bevor sie den Helm aufsetzte, steckte sie vorsichtshalber das Atemgerät in die Hosentasche. Als das Wasser hineingepumpt wurde, spürte sie die Nässe bereits durch den Riss dringen. Sie aktivierte die Abdichtung des Helms, die genau für solche Situationen da war. Immerhin würde so ihr Kopf sichtbar bleiben. Als sie nach außen trat, dachte sie darüber nach, wie es wohl wäre, wenn sie nur den Helm tragen würde. Dann würde jetzt ein körperloser Kopf auf das Haus zuschweben.

Sie gestattete sich ein Grinsen bei dem Gedanken. Sie schob die Tür vorsichtig auf und aktivierte den Außenkommunikator des Anzugs.

»Hallo? Hier bin ich.«

Im Halbschatten des Raumes sah sie einen Schemen in einer Ecke auf einem Stein sitzen. Es war ... ein Shim-Shim. Soweit sie das nach dem ersten Tag hier beurteilen konnte.

»Du siehst aus wie die Stadtbewohner«, stellte sie fest.

Ein spöttisches Lachen blubberte ihr entgegen.

»Du machst dich lustig über mich.«

Es klang eher enttäuscht als echauffiert.

»Nein, gar nicht. Das war doch nur eine ... Feststellung.«

Ihr dämmerte, dass sie wieder in ein Fettnäpfchen getreten war. Sie kam näher und da sah sie, dass der Shim-Shim einen Helm oder eine Maske trug.

»Du verkleidest dich.«

»Was willst du von mir?«, entgegnete es gereizt.

»Ich war an der Müllhalde und da hat das Wasser zu mir gesprochen. Es meinte, dass ich dich kennenlernen sollte.«

»Warum?«

Das war eine gute Frage, fand sie plötzlich. Warum eigentlich? Sie konnte sich auch einfach umdrehen und zur Instant Karma zurückfahren. Wahrscheinlich wären Captain Captain und Ed in ein paar Stunden von dieser seltsamen Kreuzfahrt zurück und sie würden den Planeten und all das Wasser endlich wieder verlassen.

Der Gedanke hatte seinen Reiz ... Schließlich seufzte sie und besiegelte damit ihr Schicksal für ihren restlichen Aufenthalt auf diesem Planeten.

»Ich will helfen.«

Der Shim-Shim sprang auf und wirkte plötzlich ganz aufgeregt.

»Helfen? Wie denn?«

»So wie ich das Wasser verstanden habe, wirst du mir das erklären.«

»Du kannst es also verstehen?«

»Ich habe ein Halsband, das mir so einige Sprachen übersetzen kann.«

»Das alleine wird uns nicht viel helfen. Wir müssten ungesehen in die Stadt kommen. Und da ist mir bis heute noch keine Idee dazu gekommen.«

HeyDu seufzte.

»Ich ... habe dazu vielleicht eine Idee. Aber es ist mir ... unangenehm. Sehr sogar.«

»Ich verstehe nicht«, gab der Shim-Shim zurück.

»Ich werde jetzt meinen Helm abnehmen. Danach können wir erstmal nicht mehr miteinander kommunizieren, ja?«

Sie wartete die Antwort gar nicht ab, sondern nestelte an dem Verschluss ihres Helms herum. Augenblicklich wurde ihr Blick vom Wasser verschwommen, bis sich die Augen daran gewöhnt hatten. Ein wenig hektischer, als sie es wollte, fischte sie das Atemgerät aus der Hosentasche und steckte es sich in den Mund. Sie schälte sich auch gleich aus dem ganzen Anzug und ließ ihn zu Boden fallen.

»Ui!«, entfuhr es dem Shim-Shim. »Du kannst ja unsichtbar werden! Warte mal ...«

Er ging zu einer Art Schrank in seinem Zimmer und wühlte darin herum.

»Ha!«, entfuhr es ihm und triumphierend kam er zu ihr zurück. »Darf ich? Also wenn du mich führen könntest, ich sehe nur dein Halsband.«

Sie nickte überflüssigerweise und führte seine flossenartigen Hände an ihre Schläfen. Er drückte ein wenig herum und dann hörte sie ein Fiepen und einen kurzen Druckmoment.

»Jetzt kannst du deine Gedanken an mich übermitteln«, erklärte er und tippte sich selbst an die Schläfe, wo auch ein kleines Gerät befestigt war.

»Schau mich nicht so an, das gehört sich nicht!«, war ihr erster Gedanke, den sie an ihn schickte.

Ein Blubbern kam von dem Shim-Shim, das irgendwie wie eine Frage klang.

»Oh. Du hörst jetzt ... alle meine Gedanken?«, dachte sie.

»Nun ja, wenn es ein sehr deutlicher Gedanke ist, dann schon. Die unterbewussten Dinge erfasst das Gerät natürlich nicht. Du musst die Kommunikation schon irgendwie ... wollen. Deinen Kommunikator wirst du für die Übersetzung weiterhin brauchen, fürchte ich. Aber wir können kommunizieren, ohne dabei sprechen zu müssen. Denke nur daran, dass die Shim-Shim auch so kommunizieren.«

»Gut, verstanden«, antwortete sie in Gedanken.

»Warum reagierst du so seltsam? Weil du unsichtbar sein kannst?«, wollte er wissen.

»Wenn du mich doch sehen könntest, würdest du sehen, wie sehr ich mich dafür schäme«, gestand sie in einem Moment der Offenheit.

»Warum sollte man sich für sowas schämen? Das ist grandios!«

HeyDu starrte ihn verständnislos an.

»Das ... macht man da wo ich herkomme einfach nicht ...«, stotterten ihre Gedanken.

»Ach so ...« gab der Shim-Shim betreten zurück und schien einen Moment nachzudenken. Dann nestelte er an seiner Maske herum und nahm sie ab. Er hatte eine Art Fischkopf, wie sie ihn heute schon öfter gesehen hatte. Dunkle Augen sahen sie an, darunter ein Maul mit dicken Lippen, umrahmt von kurzen fleischigen Barteln, die sich im Wasser bewegten. Er senkte den Blick.

»Deswegen trage ich diese Maske und wollte nicht herauskommen, weil ich sie da noch nicht aufhatte.«

»Weswegen denn?«, fragte HeyDu verständnislos.

»Na, wegen meinen Barteln!«, entfuhr es dem Shim-Shim heftig. »Entschuldige ... Das ist, wofür ich mich schäme.«

»Verstehe ich nicht«, sagte HeyDu.

»Genau das ist es doch! Du schämst dich für die Unsichtbarkeit, ich mich für die Barteln. Wir haben beide etwas, das für uns ein Makel ist.«

»Aber ... Ist das bei euch Fischen nicht normal?«, wollte HeyDu wissen und merkte sofort, wie respektlos ihre Frage vermutlich war.

Der Fisch stieß einen Schwall Blubberblasen aus und starrte zu Boden.

»Entschuldige ...«, sagte HeyDu unbeholfen.

»Wir sollten uns vielleicht auf das konzentrieren, weshalb du hier bist«, sagte der Shim-Shim.

»Wie heißt du eigentlich? Ich bin HeyDu«, sagte sie in dem Versuch, die Wogen wieder etwas zu glätten.

»Ich bin Bob«, grummelte er.

»Einfach nur Bob?«

Bob nickte.

»Wow.«

»Wieso?«

»Nur so. Ich bin immer wieder erstaunt über Namen, die mir auf meiner Reise durch das Weltall begegnen.«

»Ist mein Name etwa auch noch total schräg?«

»Nein, das meinte ich nicht«, versuchte sich HeyDu, zu verteidigen.

»Egal, kommen wir zu unserer Mission.«

»Was könnten wir denn tun? Teile meiner Crew sind gerade bei einer Kreuzfahrt mit der Regierung.«

»Pff. Kreuzfahrt. Diese Kreuzfahrt machen die ständig. Genau das ist eines der Probleme.«

»Was hast du denn bereits versucht?«

»Auf mich hören sie nicht mehr. Ich bin für sie nur der seltsame Spinner, der hier in seinem Graben lebt. Aber ... Wenn deine Crew dort eingeladen ist, könnten sie dir zuhören!«

»Aber wenn ich mit deinen Argumenten komme, lachen sie mich dann nicht aus?«

»Deswegen brauchen wir etwas Besseres.«

HeyDu dachte kurz darüber nach.

»Ich könnte die Proben analysieren und ihnen die Daten zeigen.«

»Ja, das könnte ein Ansatz sein.«

»Wo wird dieser ganze Müll denn produziert?«

»Das kann ich dir zeigen. Ist aber ein bisschen Weg bis dahin.«

»Kein Problem, wir nehmen mein Shuttle.«

»Ich glaube, ich habe da eine bessere Idee«, sagte er und ein Lächeln erschien unter seinen Barteln, für die er sich so schämte.

HeyDu verstaute den Anzug in der Fähre und holte ihre Ausrüstung zur Probenentnahme. Als sie sich umdrehte, hatte Bob zwei seltsame Geräte hinter seiner Hütte hervorgezerrt. HeyDu sah sich die Teile skeptischen Blickes genauer an. Es waren zwei wenig Vertrauen erweckende Konstruktionen, die so aussahen, als hätte sie ein Schulkind im Werkunterricht aus den Resten gebaut, die die anderen Kinder übrig gelassen hatten. Beide hatten krumme Lenker, etwas, was einer Sitzbank relativ ähnlich sah, und eine kleine Turbine. Sie sahen aus wie eine Mischung aus Motorrad und Skateboard. Die Lenkstange ging schräg nach vorne weg und endete in etwas, was einem Schiffsrumpf recht nahekam. Und man stand auf dem Teil auf einem recht breiten Brett, das die Lenkstangenübersetzung mit der Antriebsturbine verband. Unterhalb des Bretts waren kleinere Turbinen, die vermutlich sowas wie eine Starthilfe darstellten, da sie das Gefährt aus dem Meeresboden aufsteigen ließen. Verbunden waren die einzelnen Teile gefühlt mit allem Möglichen, was irgendwie Halt bieten mochte – alte Kabel, rostige Schrauben, Kettenstücke und alte, vor Algen grüngewordene Seile. Dabei sah auch keines der Bikes aus wie das andere und bei einem Blick zu Bobs Hütte beschlich HeyDu das Gefühl, dass es sich hierbei tatsächlich um die Überreste eines alten Schiffes handeln könnte.

»Und damit, meinst du, kommen wir besser voran als mit meinem Shuttle?«, wollte sie wissen.

»Das riesige Teil fällt zu sehr auf. Außerdem habe ich die hier selbst gebaut. Du hast sogar mein gutes Reservegerät«, gab er mit einem Hauch von verquerem Stolz zurück. »Pass einfach auf, dass du an mir dranbleibst.«

HeyDu stieg auf und versuchte, die wesentliche Funktionsweise des Dings zu verstehen. Da startete Bob schon seine Turbine und flitzte davon.

»Hey!«, dachte sie überflüssigerweise. Nach kurzem Gefummel am Lenker fand sie einen Knopf, der das Teil aktivierte. Ein Beben durchzuckte es und kurz darauf nahm sie die unwillige Verfolgung auf.

Sie verließen die Schlucht und flogen über eine weite Ebene hinweg. Sie musste dabei zugeben, dass ihr die Fahrt auf diesem Gerät Spaß machte. Und es konnte ihr eigentlich auch kaum etwas passieren, denn wenn sie unfreiwillig abstieg, würde sie einfach vom Wasser aufgefangen werden. Sie versuchte dabei ihre Route möglichst der von Bob anzupassen. Er flitzte dicht über den Boden hinweg und schien wenig Rücksicht auf seine Begleiterin zu nehmen. Sie erreichten einige flache Gebäude, die verlassen zu sein schienen. Bob drosselte seine Fahrt und hieß sie, neben ihm anzuhalten. HeyDu fand die Bremse gerade noch rechtzeitig.

Bob sah sie skeptisch an.

»Es sieht echt merkwürdig aus, wenn das Teil ohne Fahrer drauf neben einem anhält.«

Erst da fiel HeyDu wieder ein, dass sie ja noch unsichtbar war und ihr das ja unangenehm sein sollte. Die Fahrt hatte ihr so viel Spaß gemacht, dass sie darüber alles andere vergessen hatte. Und noch dazu wusste sie jetzt auch, dass Bob nicht sehen konnte, wie sie beinahe sehr unelegant über den Lenker hinweg abgestiegen wäre bei ihrer abrupten Bremsung.

»Was ist das hier?«, wollte sie wissen.

»Hier haben die Shim-Shim früher mal gelebt. Als der Luxus noch nicht überhandgenommen hatte.«

HeyDu sah sich die Gebäude um sie herum an und sie fröstelte. Eine Geisterstadt an sich war bereits unheimlich. Eine Geisterstadt einer fremden Art unter der Wasseroberfläche noch viel mehr. Leere Eingänge gähnten sie an und sie wartete nur darauf, dass etwas darin zum Leben erwachte und sie angriff.

»Komm, wir haben nicht mehr viel Zeit«, sagte Bob. Sie wanderten auf einen großen Komplex zu, der irgendwie lebendig wirkte. Es war ein Gebäude wie eine Fabrik und das Licht nahm darin immer mehr ab. Ein tiefes Grollen war zu hören. Aber niemand schien hier zu sein. Sie erreichten den Eingang und von innen quoll ihnen ein leicht rötliches Schimmern entgegen. Bob schien einen Moment zu zögern.

»Was erwartet uns dadrin?«, wollte HeyDu wissen.

»Das siehst du gleich selbst.«

Sie betraten eine große Halle, in deren Mitte die Quelle des Lichts war. Eine Maschine, die vor Licht leicht pulsierte und von der unzählige Kabel in alle Richtungen verliefen.

»Was ist das?«, wollte HeyDu wissen.

»Das ist die Energiequelle. Und auch der Untergang des Planeten. Entnimm hier eine Probe. Wir können nicht lange bleiben. Wir müssen die anderen Shim-Shim davon überzeugen, dass sie das hier abschalten. Erst dann kann man den Kern entnehmen und zerstören.«

HeyDu trat neugierig näher. Die Maschine selbst sah aus, als wäre sie neben ihrem eigenen Shuttle und der Instant Karma noch etwas, was nicht hierher auf diesen Planeten gehörte. Sie aktivierte das Entnahmegerät und sammelte damit zunächst einige oberflächliche Umgebungsdaten. Hätte sie ihren Anzug angehabt, hätte sie die komplette Auswertung live mitverfolgen können. So musste sie sich in Geduld üben, die ihr mit jeder Sekunde an diesem unheimlichen Ort mehr abhandenkommen wollte. Eines von mehreren Signallichtern zeigte ihr an, dass der erste Scan abgeschlossen war. Es folgte ein Tiefenscan und dann auch eine physische Probeentnahme des Wassers und sie versuchte möglichst viel von der Oberfläche der Maschine zu erfassen.

»Okay, ich habe alles«, verkündete sie schließlich, als alle Lämpchen an ihrem Entnahmegerät grün leuchteten.

»Nichts wie weg hier«, sagte Bob und machte sich eilig auf den Weg zum Ausgang.

HeyDu hatte ihre Mühe, ihm zu folgen. Der Rückweg zu ihren Gefährten hatte mehr von einer Flucht und ihre Nervosität wuchs immer mehr. Der Gedanke, unsichtbar zu sein, fing allmählich an sie

zu beruhigen. Erst als sie wieder an seiner Hütte an-
kamen, wurde zumindest Bob schlagartig ruhiger.

»Ich muss etwas erledigen. Kümmere du dich um
deine Scans. Wir treffen uns bald wieder.«

»Wie wollen wir in Kontakt bleiben?«

»Ich erreiche dich über das Wasser«, sagte er und
verschwand in seiner Behausung. HeyDu machte sich
etwas verstört auf den Weg zum Shuttle, um die
Scans auswerten zu lassen. Für einige Tests würde sie
vielleicht sogar zur Instant Karma zurückkehren
müssen. Und sie brannte dabei schon darauf, zu er-
fahren, was es mit dieser Energiequelle auf sich
hatte.

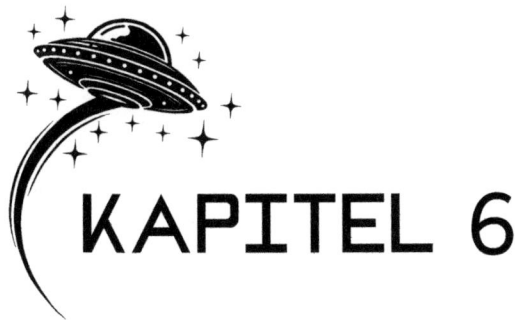

KAPITEL 6

Wir würden ja auch sehr gerne mal einige eurer Spezialitäten kosten«, sagte Captain. »Im Sinne eines vollkommenen Austauschs unserer Völker. Ich kann euch im Gegenzug diesen Schokoriegel anbieten!«

Ein Diener kam herbeigeschwommen und reichte ihnen ein Tablett voller ... Köstlichkeiten? Ed nahm aus Höflichkeit eine davon, Captain Captain nahm das ganze Tablett und bedankte sich artig, ehe er sich wieder dem Gespräch mit diesem Huhulu zuwandte. Ed betrachtete dieses maritime Horsd'oeuvre und versuchte krampfhaft einen Ausweg zu finden, es nicht essen zu müssen. Gut, er konnte es ja auch gar nicht essen, denn ein Helm hinderte ihn daran. Er aktivierte den Oberflächenscanner des Helms, woraufhin einige Daten auf seinem Visier angezeigt wurden. Es handelte sich dabei offenbar um irgendein regionales Lebewesen, entfernt verwandt mit Krabben auf der Erde, oder mit ... Oktopoden? Es hatte tatsächlich so etwas wie Tentak... Einer davon fing zu zucken an. Das Interface zeigte Lebenszeichen. Schnell und hektisch suchte er nach einer Lösung.

»Eine überarbeitete Energiequelle? Ich verstehe nicht ganz?«, hörte er Captain sagen. Das Tablett geriet in sein Blickfeld und schnell legte er möglichst unauffällig den Tentakelkrebs darauf und brachte einen vorsichtigen Abstand zwischen sich und die Häppchen des Todes.

»Nun ja, seid ihr nicht von Glu-kox-Iol geschickt worden?«

»Haha, was für ein bescheuerter Name! Nein, den kenne ich nicht. Nicht persönlich zumindest.«

Captain zwinkerte Ed belustigt zu. Der bekam langsam so ein Gefühl, dass die Häppchen nicht ihr größtes Problem sein könnten.

»Wow, diese Proben sind absolut faszinierend!«, sagte Jane. »Ich habe es ja auch nicht lassen können und musste einen kleinen Rundgang ums Schiff machen. Schau mal ...«

Sie zog HeyDu zu einem Aquarium und fasste mit einem Handschuh beherzt hinein. Was sie wieder herausholte, war eine Art Krebs mit Tentakeln, wo eigentlich die Scheren hätten sitzen müssen. Er zappelte damit nervös umher.

»Ich nenne ihn Jimmy«, sagte sie stolz.

HeyDu hatte tatsächlich nicht alle Proben auf der Fähre bearbeiten können und war, so schnell es ging, zur Instant Karma gedüst. Dank Autopilot mit Zeit genug, um sich ordentlich zu trocknen. Dann war sie leider recht schnell Jane in die Arme gelaufen, die ihr gerade ihre neueste Ausbeute an Haustierchen dieses Planeten zeigte. Dass sie dafür zwar Wasser aus der Außenwelt entnommen, aber nicht an Proben davon gedacht hatte, ärgerte HeyDu unfassbar. Ein kurzes »Hey, der Planet ist echt krass verseucht« über das Kommunikationssystem wäre ja schon ein Anfang gewesen.

»Ich muss jetzt wirklich die restlichen Proben analysieren«, sagte sie stattdessen genervt.

»Okay, ja. Du hast recht. Komm, ich helfe dir«, gab Jane schuldbewusst zurück. Immerhin.

Sie gingen gemeinsam ins Labor und HeyDu überspielte die Proben dort in den Rechner.

»Sag mal, hattest du schon mal von sprechendem Wasser gehört?«, wollte sie dabei wissen.

»Sprechendes Wasser ... Nein. Das ist mir völlig neu. Aber ich hab ein echt blödes Gefühl hier. Als ich zum ersten Mal draußen war, überkam es mich. Und wenn ich das Wasser ohne Schutzhandschuhe anfasse ... Da schüttelt es mich am ganzen Körper. Ich glaube, das hier wird eine heikle Sache.«

PING!

Der Rechner war mit seiner Analyse fertig.

»Die einzelnen Daten werden in die Datenbank überspielt und können jederzeit abgerufen werden«, sagte eine weibliche Computerstimme.

In der Crew hatte jeder einen anderen Namen für den weiblich klingenden Sprachcomputer. HeyDu nannte die Stimme Computerin.

»Verbleibende Zeit bis zum Kollaps des Planeten: Neun Erdentage. Soll ich den Countdown mit dem Interface verknüpfen? Ich empfehle baldiges Verlassen.«

Danach kehrte eine Stille ein, die sie beide förmlich anschrie.

»Scheiße«, sagte HeyDu und versuchte, über den Kommunikator Ed oder Captain zu erreichen. Aber sie waren zu weit weg.

»Computerin? Kannst du die Ergebnisse so aufbereiten, dass seltsame Fischwesen es auch verstehen?«, wollte sie wissen.

»Die Präsentation wird erstellt und an Nutzer HeyDu überspielt. Darf ich ein Kuchendiagramm einbauen?«

»Was?«

»Oder ein Säulendiagramm?«

»Ich brauche kein Diagramm.«

»Aber die Vorlage hat ein Kuchendiagramm.«

»Ach mir doch egal. Mach das jetzt.«

»Das Kuchendiagramm wird erstellt ...«

HeyDu rollte mit den Augen und sah Jane an, die ein Grinsen unterdrücken musste. Gegen ihren Willen ließ sich HeyDu davon anstecken.

»Die Präsentation ist abgeschlossen.«

»Überspiele sämtliche Daten auf meinen Speicher und auf das Shuttle.«

Sie ließ Jane stehen und lief zurück zum Shuttle. Es half alles nichts, sie musste zu Ed und Captain.

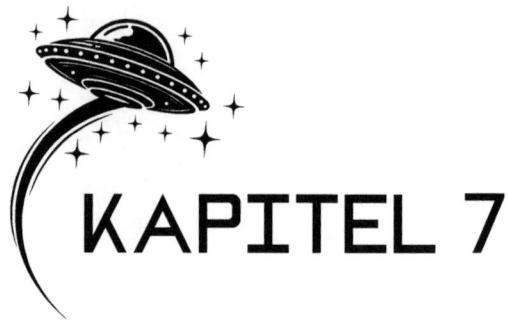

KAPITEL 7

Captain aß, Ed wartete, die Shim-Shims starrten. Dass Captain Captain nichts von diesem Glu-kox-Iol wusste, schien wohl schlecht angekommen zu sein. Ed wurde das Gefühl nicht los, dass es im Raum ein wenig kälter geworden war, und sogar die Horsd'oeuvres schienen sie etwas feindseliger anzustarren.

»Aber ihr seid doch von außerhalb des Planeten gekommen?«, wollte Huhulu wissen und schien dabei ernsthaft irritiert zu sein.

»Nun ja«, schaltete sich jetzt Ed in das Gespräch ein, »das stimmt schon. Aber da draußen gibt es viele Planeten und offenbar noch viel mehr Zivilisationen.«

Ein verwirrtes Blubbern ging durch die Reihen.

»Das müsst ihr mir näher erklären. Ich kannte bisher nur Abgesandte des großen Glu-kox-Iol und seine Geschenke an uns. Habt ihr denn Geschenke?«

Daher weht die Strömung, dachte sich Ed nun.

»Äh, na ja ...« Hilfesuchend sah er sich zu Captain um.

»Haha!«, fing der an und Ed wurde ganz flau.

»Wir haben UNS mitgebracht, das ist doch schon ein großes Geschenk!«

Gerade konnte er sich wohl noch zurückhalten, Huhulu kumpelhaft auf die Schulter zu klopfen.

»Euch? Aber was sollen wir denn mit euch?«, frage Huhulu ernsthaft irritiert.

»Nun, sicher können unsere beide Rassen vom Austausch und Bündnissen in Zukunft profitieren!«, schlug Ed vor und versuchte, die aufkeimende Verzweiflung halbwegs aus der Stimme herauszulassen.

Ein Dienerfisch kam herbei und kleine Seifenbläschen stiegen aus seinem Mund auf, als er dem Anführer des Volkes irgendeine Nachricht ins Ohr blubberte.

»Eure Gefährtin will sich der Kreuzfahrt wieder anschließen«, erklärte er.

»Oh, vielleicht hat sie ja Geschenke dabei?«, sagte Captain amüsiert, der offenbar den Ernst der Lage falsch einschätzte. Aber in dem Moment hellte sich die Stimmung wieder auf. Quälende Momente des Gefühls, auf dem falschen Planeten gelandet zu sein, vergingen, ehe die Tür der Lounge geöffnet wurde und HeyDu eintrat. Sie hatte offenbar einfach nur auf der Instant Karma den Anzug ausgetauscht, um sich die Party hier nicht zu verderben.

»Jungs, wir haben ein Problem«, verlautete ihre Stimme über das Kommunikationssystem im privaten Modus.

Ein Diener kam herbei und hielt auch ihr ein Tablett mit Spezialitäten der Shim-Shim unter die Nase. Eines dieser Häppchen sah aus wie der Tentakelkrebs, den Jane ihr gezeigt hatte. Sie stellte vom privaten Modus in den öffentlichen um und sagte unfreundlich: »Ich habe einen Helm auf, wie soll ich das denn essen?«

Sie ließ den Diener links liegen und steuerte auf Captain, Ed und Huhulu zu.

»Eure ... äh ... Walheit, es gibt ein erhebliches Problem auf eurem Planeten«, fing sie an.

Es wurde still in der Lounge und als sie das Gefühl hatte, die Aufmerksamkeit der wesentlichen Personen zu haben, aktivierte sie die Präsentation von Computerin. Der Holobeam ging von ihrem Helm aus an eine der freien Wände. Ein Kuchendiagramm kam zum Vorschein. Es zeigte das bisherige Alter des Planeten, bei zwölf Uhr angefangen, und kurz vor der Umrundung klaffte dort eine leuchtend rote Lücke, die in einer Animation hervorgehoben wurde. Darüber stand in mehreren Sprachen die Zahl neun. Die Stimme von Computerin ertönte über das Kommunikationssystem.

»Sehr geehrte Anwesende, herzlich willkommen zur heutigen Präsentation zum Untergang dieses Planeten. Die wichtigsten Infos zuerst: Der Planet ist dem Untergang geweiht.«

Eine schwungvolle Melodie ertönte und Computerin führte die Anwesenden durch eine kurze Geschichte von untergegangenen Zivilisationen. HeyDu wechselte auf die interne Kommunikation und fauchte: »Weniger Drama bitte!«, aber es verhallte in der Verbindungslosigkeit zum Schiff und so waren sie gezwungen, die Präsentation komplett über sich ergehen zu lassen. Als eine Diashow von einem alten Planeten kam, die ihn erst in jungen Jahren bunt und farbig zeigte, um dann seine letzten katatonischen Tage in

Schwarzweiß zu zeigen, fand sie die Funktion für schnelles Vorspielen und sprang zum Ende der Präsentation.

»... bedauern wir sehr, Ihnen mitteilen zu müssen, dass dieses Biosystem noch für neun Tage die entsprechenden Lebenserhaltungssysteme des Planeten aufrechterhalten kann, ehe es zusammenklappt. Im Folgenden wird der Anhang abgespielt, der sämtliche Daten zeigt. Vielen Dank für Ihre Aufmerksamkeit und lassen Sie mich mit den Worten des großen Philologen Dschingis Khan schließen, der sagte: Jeder Untergang eines Klasse-C-Planeten ist auch immer eine neue Chance für alle Bewohner, die es noch irgendwie runterschaffen! Guten Tag.«

Der Holobeam verkleinerte sich und verschwand gänzlich.

»Wer hat diesem Computer eigentlich so viel Schrulligkeit einprogrammiert?«, wollte HeyDu über den privaten Modus wissen.

»Das sollten wir auf später vertagen. Ich fürchte, wir haben hier dringlichere Probleme«, gab Ed zurück.

HeyDu wandte sich an Huhulu.

»Ich habe euer Energiesystem gesehen. Die Proben stammen von dort und alles weist darauf hin, dass das die Quelle für die immense Umweltverschmutzung hier ist! Ihr müsst es abschalten. Ich habe einen Freund, der es unschädlich machen kann.«

»Ihr meint Bob?«

»Genau den!«, gab HeyDu mit einem Funken Hoffnung zurück.

Doch was daraufhin geschah, kam so etwas wie einem Gelächter im Raum nahe.

»Ihr seid also auch auf den Irren reingefallen, der alleine in seiner schiefen Hütte wohnt? Lasst mich euch von ihm erzählen. Die Energiequelle war einst ein Geschenk des weisen und mächtigen Glu-kox-Iol. Bob kam auch von dessen Planeten, aber der war von Anbeginn an darauf aus, diese Energiequelle zu nutzen, um seine Heimat zu zerstören.«

»Was? Ich dachte, er wäre auch ein Shim-Shim?«, entgegnete HeyDu verwirrt.

»Hat er das behauptet, dieser Lügner?«

HeyDu dachte nach und murmelte: »Wenn ich recht drüber nachdenke, hat er nichts in diese Richtung gesagt. Nur, dass er von euch für seine Barteln ausgegrenzt wird.«

»Das sieht doch auch dämlich aus!«, sagte Huhulu voller Inbrunst.

»Aber er hat doch recht! Euer Planet geht vor die Hunde!«

»Was sind Hunde?«

Verzweiflung kam in ihr auf.

»Ihr wollt euch doch nur nicht von diesem Luxus lösen!«, entfuhr es ihr.

»HeyDu, beruhige dich«, mahnte Captain. Aber sie wollte sich nicht mehr bremsen lassen.

»Ihr badet hier in diesen Badewannen und lebt in einem Luxus, den dieser Planet nicht mehr länger verkraftet! Ich meine ... ihr badet? Ihr seid doch schon Fische, verdammt nochmal!«

»Ups«, kommentierte Ed.

Und mit einem Mal hatte sie das Gefühl, dass die Temperatur im Raum schlagartig gefallen war. Deutlich mehr noch als zuvor.

Huhulu fixierte sie mit seinen toten Augen und sagte: »Da ihr auf seine Lügen hereingefallen seid, müssen wir euch des Planeten verweisen. Ich kann euch nicht mehr trauen, gerade wenn ihr die gleichen Ziele zu haben scheint. Geht! Sonst müssen wir Gewalt anwenden.«

»Aber euer Planet wird sterben!«

»Ach. Das ist das wirre Geplapper von diesem Verschwörungstypen. Uns geht es prächtig!«

»Ich habe die Müllhalde mit eigenen Augen gesehen.«

»Meint ihr wirklich, unsere Zivilisation, die so reich und fortschrittlich ist, hätte das nicht im Griff? Der Planet regelt das schon.«

Huhulu machte eine Flossenbewegung und einige Wachen schwammen herbei, um die drei nach draußen zu eskortieren.

»Viel Glück im Haigürtel. Verschwindet von diesem Planeten und lasst uns mit unserem Reichtum in Frieden.«

»Na das hast du ja prima angestellt, Süße«, zischte ihr Captain über den privaten Modus säuerlich zu. HeyDu reagierte gar nicht darauf. Sie war zu geplättet von den neuen Informationen. Ed hatte sich diesmal für HeyDus Shuttle entschieden. Sie nahm es wortlos so hin, gab aber im Moment eine miese Gesprächspartnerin ab. Der Autopilot war auf Instant Karma eingestellt und sie starrte gedankenverloren aus dem Fenster, die Füße auf der Armaturentafel.

»Irgendwas ist doch an der ganzen Geschichte faul, oder? Unsere Ergebnisse sind doch nicht falsch«, fing Ed den Versuch an, ein Gespräch zu starten.

HeyDu nahm es zur Kenntnis, blieb aber bei ihren eigenen Gedanken. Bob war nicht ehrlich zu ihr gewesen. Er hätte ihr sagen können, dass er kein Bewohner dieses Planeten war. Und er hätte ihr mehr über die Quelle sagen können. Sie war aber auch selbst schuld, weil sie nicht nachgebohrt hatte.

»Du hast die Ergebnisse aber nicht manipuliert, oder?«, wollte Ed wissen, nachdem er lange genug vergeblich auf eine Reaktion von ihr gewartet hatte. Sie warf ihm einen Blick zu, der das Wasser zu Eis hätte gefrieren können. Sie schnaufte, ohne eine Antwort zu geben, wütend, nahm die Füße von der Armaturentafel und deaktivierte den Autopiloten.

»Hey, was tust du?«, wollte Ed wissen und nahm neben ihr im Co-Piloten-Sessel Platz.

»Ich zeige dir, was ich gesehen habe. Dann kannst du dir selbst ein Bild machen.«

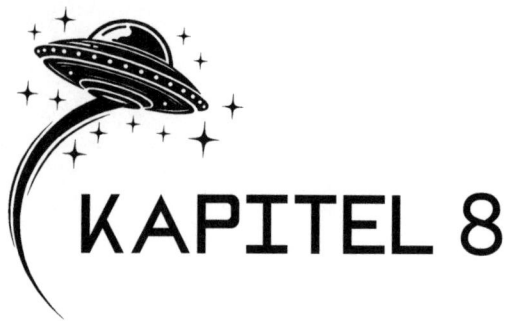

KAPITEL 8

Als sie aus der Stadt und nicht mehr weit von der Instant Karma entfernt waren, steuerte sie auf den Unterwassergraben zu, wo sie zum ersten Mal Kontakt mit dem Wasser gehabt hatte. Mit gedrosseltem Tempo ließ sie das Shuttle nahe an das tote Korallenriff herankommen und schaltete die Außenbeleuchtung zusätzlich an. Der Anblick war traurig. Soweit das Auge reichte, befanden sich tote Korallen vor ihnen. Sie sah Ed an, der mit offenem Mund nach draußen sah. »Ich habe Dokumentationen von deiner Erde gesehen und denke, du weißt recht gut, was das da ist«, sagte sie und steuerte die Fähre weiter, zu der Müllebene dahinter. Aus der leicht erhöhten Position war der Anblick noch desaströser. Bis sich die Ebene in der Dunkelheit des Meeres verlor, bedeckte ein schwarzer Teppich den Boden. Sie fuhren langsam darüber, um Details sehen zu können. Es handelte sich um Müll und Verschmutzung.

»Und das ist nur der Müll, den sie zusätzlich produzieren.«

»Was meinst du?«

»Die Proben, die ich für die Präsentation als

Grundlage hatte, stammen von ihrer Energiequelle. Damit betreiben sie eine außerirdische Maschine, die ihnen ihren Luxus ermöglicht. Und die zerstört diesen Planeten. Wir können es aber auch einfach sein lassen und abhauen«, erklärte HeyDu und sah Ed abwartend an.

»Zeig's mir«, antwortete er.

HeyDu nickte und beschleunigte. So ganz genau wusste sie den Weg nicht mehr und vielleicht war das auch die Absicht von Bob gewesen, als er auf diese seltsamen Hoverboards umsteigen wollte. Aber den Weg zu seiner Hütte wusste sie noch, fiel ihr dabei ein. Und sie hatte das dringende Gefühl, jemanden zur Rede stellen zu müssen.

Nach einigen Minuten hatte sie es tatsächlich gefunden und richtete sämtliche Scheinwerfer darauf. Die klapprige Bude erstrahlte taghell zwischen den Klippen.

»Äh ... da drin soll diese Energiequelle sein?«, wollte Ed wissen und sein Blick hatte etwas Mitleidiges.

»Nein. Da wohnt Bob, dieser Typ, von dem die Shim-Shim sagten, er wäre von einem anderen Planeten.«

Die Tür ging tatsächlich in diesem Moment auf und Bob trat mit einem Arm über den Augen heraus. HeyDu aktivierte den Außenkommunikator.

»Ich wollte mich nur eben verabschieden. Deine Fischkopffreunde fanden deinen Vorschlag nicht so gut. Aber das ist mir jetzt auch egal, da ich jetzt weiß, dass du ein Betrüger bist. Wie heißt dein Heimatplanet eigentlich? Ist auch egal. Mach's gut die letzten paar Tage, die diesem Planeten noch bleiben.«

Sie tippte auf dem Interface herum und überspielte die Präsentation auf den Kommunikator von Bob. Danach schaltete sie das Licht aus und stellte den Autopiloten auf die Instant Karma ein.

»Das war jetzt schon ein bisschen hart«, meinte Ed.

»Ehrlichkeit währt am längsten, heißt es auf der Erde, oder?«

Sie betrat ihre Kabine auf der Instant Karma und knallte den Kommunikator auf den Tisch. Sie fühlte sich hilflos und gleichzeitig betrogen. Die Vorstellung, einen ganzen Planeten seinem Untergang zu überlassen, stürzte sie in tiefe Traurigkeit. Sie ließ sich in ihren Sessel fallen und atmete betrübt einige Male tief durch. Da sah sie es auf ihrem Schreibtisch stehen: ein kleines Aquarium mit einem Zettel dran. Sie rollte in ihrem Sessel näher und riss das Papier davon ab. Dahinter starrte sie der Tentakelkrebs an. Irgendwie anschuldigend.

HeyDu starrte den Krebs an, dessen Tentakeln in alle Richtungen schlängelten. Da kam plötzlich Bewegung ins Wasser und auf dem Krebs saß plötzlich eine kleine Figur aus ... Wasser. Als würde sie auf dem Tier reiten. Sie winkte. HeyDu gab sich geschlagen und trat näher. Sie konnte kleine Laute aus dem Wasser hören, aber es war zu undeutlich. Sie seufzte, ging zum Tisch und setzte sich den Kommunikator wieder an die Schläfe und steckte danach einen Finger ins Wasser, der daraufhin unsichtbar wurde.

»Ah, jetzt hörst du mich, oder?«

HeyDu nickte widerwillig.

»Warum bist du hier und nicht dabei, meine Welt zu retten?«

Es klang irgendwie neutral. Ohne Anklage, als würden sie über das Wetter reden.

»Der Anführer hat uns rausgeschmissen. Und Bob hat mich angelogen. Er hätte mir sagen sollen, dass er gar nicht von diesem Planeten stammt.«

»Und deswegen willst du hier alles sich selbst überlassen? Ich hab die Präsentation mit angesehen. Neun Erdentage? Wie lange ist das?«

HeyDu bat den Computer um eine Umrechnung auf diesen Planeten.

»Sieben Tage auf diesem Planeten«, antwortete sie.

»Hm«, machte das Wasser und schwieg ein Weilchen. »Nun ja. Da bleibt nicht mehr viel Zeit für dich, über deinen Stolz hinwegzukommen.«

»Wie bitte?«

»Das ist es doch, was ich da in dir fühle. Du fühlst dich ungerecht behandelt und hast jetzt so gar kein Problem damit, einfach aufzugeben. Eine ganze Zivilisation auf den Untergang zurasen lassen?«

HeyDu lief rot an. Sie hatte vergessen, dass das Wasser nicht nur auf die eine Weise kommunizierte, sondern anscheinend alles Mögliche aus ihr herauslesen konnte.

»Aber es nützt nichts. Die Shim-Shim lassen sich nicht umstimmen und sie haben uns sogar mit Gewalt gedroht.«

»Ich würde mal mit Bob sprechen. Er hat da vielleicht eine Idee. Andernfalls wirst du dieses Aquarium immer als Zeichen deines Versagens hier stehen haben. Überleg dir das gut!«, sagte das Wasser und die Figur zerfloss wieder.

Der Tentakelkrebs blieb reiterlos zurück, was ihn auch nicht so richtig zu interessieren schien. HeyDu seufzte und ging auf die Brücke. Das Wasser hatte recht, sie konnten jetzt nicht einfach so gehen.

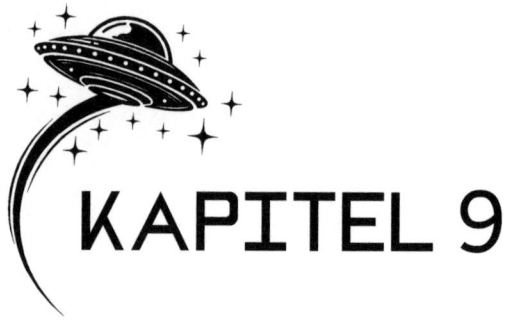

KAPITEL 9

Ed stand gerade an der Kaffeemaschine, Captain diskutierte mit Lucy. Und Jane versuchte irgendwie Konrad aus dem Weg zu gehen. Es herrschte die übliche Betriebsamkeit vor einem Start, nur dass dieser ominöse Haigürtel zwischen ihnen und der Freiheit liegen musste ...

Der Haigürtel.

HeyDu trat ans Pult und tippte ein paar Befehle hinein. Kurz darauf erschien ein Scan auf dem Hauptschirm und es wurde ruhig um sie herum.

»Mögliche Gefahren durch feindlich gesinnte Lebensformen in den Zonen bis zum Atmosphärenaustritt: fast null. Es sind vereinzelte Populationen von großen Predatoren zu sehen, diese stehen jedoch kurz vor ihrem Aussterben«, sagte die weibliche Computerstimme.

»Dieser Haigürtel ist offenbar bereits Geschichte«, sagte HeyDu in die Stille hinein. Sie wandte sich um und sah die anderen an. Ed war der Erste, der sich räusperte, um etwas zu sagen.

»Ich habe die Verschmutzung gesehen. Es ist wahr, der Planet stirbt. Wir können jetzt nicht einfach abhauen.«

»Computer, überspiele diese Daten auf meinen Speicher«, sagte HeyDu und nickte Ed zu.

»Na gut, dann äh ...«, fing Captain an und wusste nicht so recht, was er dazu sagen sollte. »Dann nehme ich an, du hast einen Plan?«

»Ja. Ich fahre nochmals zu diesem Bob und rede mit ihm. Vielleicht hat er noch eine Idee.«

»Ich komme mit«, bestimmte Ed.

»Darf ich auch?«, wollte Jane wissen und blinzelte erst HeyDu und dann Captain liebreizend an.

»Na gut. Dann nehme ich deine Stelle hier auf dem Schiff ein und wir bereiten alles für den Notfall vor«, sagte er und schien irgendwie erleichtert, nicht wieder mit dem Shuttle rauszumüssen.

Die drei verloren keine Zeit und machten sich auf den Weg.

Diesmal hatte HeyDu die Fähre in etwas versöhnlicherem Abstand geparkt und war in einem Anzug zur Hütte gelaufen. Sie klopfte sogar höflich an – zumindest ging sie davon aus, dass das auch hier als höflich galt. Aber niemand machte auf, noch rührte sich irgendetwas. Sie sah, dass die Tür nicht abgeschlossen war, und ging hinein. Über den Kommunikator versuchte sie mit Bob zu sprechen, aber niemand antwortete ihr. In dem großen Zimmer stand eines der Hoverboards, das andere war weg.

»Mist«, dachte sie in die Einsamkeit hinein.

Als sie sich zum Gehen umwandte, blieb sie mit ihrem Anzug an einem Stück Holz, das aus der Wand herausstand, hängen und ihr Anzug riss ein wenig ein. Sie spürte beinahe augenblicklich, wie es von der Stelle ausgehend kalt und nass in ihrem Anzug wurde, und Panik überkam sie. Sie hastete nach draußen auf die anderen zu, merkte allerdings, dass sie es nicht mehr schaffen würde, bis ihr Anzug komplett durchflutet wäre. Sie seufzte resigniert, hielt das letzte bisschen Luft an und öffnete den Helm. Aus einer der Brusttaschen holte sie den Sauerstoffwandler heraus, mit dem sie unter Wasser atmen konnte. Die anderen wedelten mit den Armen, bis ihnen klar wurde, dass es HeyDu gut ging – und sie auf einmal unsichtbar war. Jetzt wirkten sie irgendwie betreten, wussten sie ja, wie peinlich ihr das war. HeyDu atmete tief durch und dachte daran, was Bob ihr gesagt hatte. Diese Schwäche konnte ihre Stärke werden. Sie schälte sich also komplett aus ihrem Anzug und ließ auch sonst nichts an. Mit zitternden Fingern zerknäulte sie alles und so sahen die anderen nur einen Bündel Klamotten mit Raumanzug vermischt auf sie zuschweben. HeyDu stärkte sich an dem Gedanken, dass sie ihr Zittern nicht wirklich sehen konnten.

»HeyDu, alles in Ordnung?«, wollte Jane wissen.

»Macht euch keine Gedanken. Wartet einfach hier, ich weiß, wo er ist.«

Ihre verwirrten Gesichtsausdrücke, als sie HeyDus Worte durch den Kommunikator in ihrem Kopf hörten, brachten sie zum Schmunzeln. Sie drückte Ed die Klamotten in die Arme und ging zurück zur Hütte. Das Unterwasserbike nach draußen zu zerren war weniger Kraftakt, als sie gedacht hatte. Es zu starten schon eher. Aber nach einiger Zeit hatte sie den Dreh raus und düste davon. Sie hatte eine vage Vorstellung davon, wo sie hinmusste, und ließ sich ein wenig von ihrem Instinkt führen. Schließlich stieß sie auf die ersten alten Häuser der Geisterstadt und fand auch das andere Bike, das Bob dort abgestellt hatte. Sie folgte der Straße bis zu dem unheimlichen Gebäude. Davor war diesmal jedoch einiges mehr los. Ein seltsames Gefährt parkte dort und einige der Shim-Shim standen davor herum. Als HeyDu näher kam, sah sie Bob, der gerade gefesselt aus dem Gebäude geführt wurde. HeyDu versteckte sich instinktiv hinter einem Gebäude und als sie um die Ecke zum Geschehen spähte, fiel ihr ihre Unsichtbarkeit abermals ein. Sie ging dennoch mit aller Vorsicht näher und kam gerade noch rechtzeitig an, als alle auf dieses längliche Gefährt stiegen. Bob verfrachteten sie dabei in ihre Mitte. HeyDu nahm vorsichtshalber ihr Halsband ab und setzte sich auf den freien Platz neben ihm. Allmählich fing sie an, ihrer Unsichtbarkeit doch etwas abzugewinnen. Sie tippte Bob vorsichtig an der Flosse an, woraufhin er nach links in die Leere sah. Das Gefährt setzte sich mit einem lauten Summen des Motors in Bewegung. HeyDu ließ ihren Kommunikator in Bobs Brusttasche verschwinden und gab ihm so zu verstehen, dass sie jetzt zwar vollends unsichtbar war, ihn aber auch nicht mehr verstehen konnte. Sie beobachtete seinen Gesichtsausdruck, der von verdutzt zu erfreut wechselte. Die Fahrt verlief recht ereignislos, bis das Gefährt in eine Schlucht einbog, die ziemlich dunkel war. Vor und hinter dem Fahrzeug erhellten Lampen den Weg.

Zuerst sah sie sich die Wachen vor ihnen genauer an. Beide hatten an Gürteln mehrere Metallstifte hängen. Nach einem genauen Studium von Bobs Handschellen hatte sie eine Vorstellung davon, welcher dieser Stifte sie aufschließen würde. HeyDu schlich sich zunächst an das Heck des Gefährts und sah sich die Lampen genauer an. Ein dickes Kabel verlief an der Karosse entlang und mündete darin. Es war zu massiv, um es – womit auch immer – durchzuschneiden. Auf dem Boden fand sie ein kleines Steinchen und versuchte damit ihr Glück. Sie hängte sich an das Heck und schlug beherzt eine der Lampen ein. Sofort flimmerte sie und ging aus. Um keine Zeit zu verlieren – denn auf dem Deck wurden bereits Stimmen laut –, schlug sie gleich noch die zweite Lampe kaputt. Danach spreizte sie sich mit ihren geringen akrobatischen Fähigkeiten für einen Moment an die Unterseite des Gefährts. Es kam tatsächlich zum Stillstand und ehe es absinken konnte und sie erdrückte, sprang sie auf den Boden und lief zur Vorderseite, wo sie schnell die anderen Lampen ebenso bearbeitete. Jetzt lag das Schiff im trüben Zwielicht auf dem Grund der Schlucht, denn die leuchtenden Partikel kamen offenbar nicht bis hierher. Sie wartete jetzt in einigem Abstand darauf, dass einer der Wächter kam, um sich die Lampen anzusehen. Es dauerte nicht lange, da waren mehrere vor ihr und sahen durch sie hindurch, in dem Versuch, die Bedrohung auszumachen. HeyDu schlich sich an einen heran und spürte, dass jetzt der knifflige Teil kam: Sie musste den richtigen Stift erwischen, ohne dass er es merkte. Als sie mit der Hand fast dran war, drehte er sich leicht zur Seite und sie schnellte wieder zurück. Da sah sie eine zweite Wache, die vor einer der Lampen kniete und gerade dabei war, sie zu reparieren. Er hatte dafür extra seinen Gürtel abgenommen, der jetzt unbeobachtet im Sand lag. Sie schlich auf ihn zu, suchte den passenden Stift und fädelte ihn aus der Öse heraus. Als sie ihn in der Hand hatte, hielt sie nochmals inne und sah sich um. Aber alle Shim-Shim waren zu beschäftigt mit der Reparatur. Sie schlich sich am Fahrzeug entlang zu Bob und befreite ihn. Allerdings waren die Wachen um das Schiff verteilt und sie hatte keine Chance, ihn unbeobachtet hier rauszubekommen. Ihre Unsicht-barkeit war leider nicht übertragbar.

Ein Nachteil des telepathischen Kommunikationssystems war eindeutig, dass sie nicht einfach nur in Bobs Ohr flüstern konnte. Jeder würde sie hören.

Sie fummelte ihren Kommunikator wieder aus seiner Brusttasche und befestigte ihn unbemerkt an ihrem Hals.

Dann richtete HeyDu sich auf und sammelte ihren Mut.

»Da vorne ist etwas, seht mal nach«, dachte sie und hoffte, dass sie ihre Unsichtbarkeit damit nicht verraten würde. Die Shim-Shim um sie herum sahen sich verwirrt gegenseitig an. Und offenbar weil niemand so recht wusste, von wem der Befehl gekommen war und sich auch niemand die Blöße geben wollte, marschierten sie alle zögerlich nach vorne, an den Bug des Gefährts.

Jetzt war Eile geboten. Sie stieß Bob an und zog ihn auf die Beine. Er ließ seine Fesseln lautlos in den Sand neben dem Schiff fallen und sprang hinterher.

Als sie beide den Boden erreicht hatten, rannten sie, so schnell sie konnten.

Ihr Plan schien zunächst aufzugehen, denn niemand heftete sich an ihre Fersen. Trotzdem war es nun ein Wettlauf mit der Zeit, denn sie würden die Lampen sicher bald repariert und die Verfolgung wieder aufgenommen haben.

»Wasser?«, dachte HeyDu und neben ihr wirbelte etwas auf.

»Herzlichen Glückwunsch zu diesem Geniestreich«, antwortete das Wasser.

»Jaja. Kannst du uns nicht irgendwie helfen?«

»Ja, verursache eine Strömung und bring uns in Sicherheit«, schlug Bob vor.

Das Wasser verwirbelte sich um sie herum und HeyDu spürte, wie sie den Halt am Boden verlor und danach die Kontrolle über ihre Fortbewegung. Sie ließ sich einfach treiben und wenig später landeten sie beide auf einem Korallenriff in sicherer Entfernung und ohne Spuren hinterlassen zu haben.

»Danke für die Rettung«, sagte Bob zu HeyDu.

»Ach, das war doch nichts«, antwortete das Wasser.

HeyDu brachte ein Lächeln zustande und viel zu spät fiel ihr ein, dass er sie ja nicht sehen konnte.

»Auch gern geschehen«, antwortete sie schließlich.

»Was hat dich zur Umkehr bewogen?«

»Das Wasser und mein Gewissen. Was wolltest du beim Generator machen?«

»Nun ja ... Ich hatte nicht mehr viele Möglichkeiten. Ich wollte ihn irgendwie aufknacken. Aber ohne die Zugangscodes ist das unmöglich.

Zumindest nicht mit meinem Werkzeug.«

»Das war dein Plan B? Falls keine Außerirdischen kommen, um dir zu helfen?«

Bob sah betreten zu Boden und kickte einen Stein davon, der träge im Wasser wegrutschte und dabei einiges an Sand aufwirbelte.

»Woher kommst du wirklich?«, wollte sie wissen.

Bob ließ sich auf den Boden sinken und setzte sich im Schneidersitz hin. Er gab HeyDu mit einer Flossenbewegung zu verstehen, dass sie sich besser auch gleich setzte. Sie folgte seinem Beispiel und sah ihn wartend an.

»Mein Planet heißt Orpa. Oder er hieß so ... Auch dieser Planet besteht fast ausschließlich aus Wasser und viele von uns lebten auch unterhalb der Wasseroberfläche. Eines Tages kam Glu-kox-Iol an. In einem großen glitzernden Schiff mit viel Prunk und Wohlstand, den er gut in Szene zu setzen wusste. Er versprach uns den gleichen Reichtum, unvorstellbaren Komfort und all das. Er gab uns eine Energiequelle, die alles antrieb, ohne uns dabei Arbeit zu machen. Er gab uns auch die Technik, diese Energie so zu nutzen, dass wir selbst nicht mehr arbeiten mussten. Die ersten Jahre waren tatsächlich märchenhaft. Und dann ging es allmählich bergab. Der Planet starb uns langsam weg, weil wir die unglaubliche Verschmutzung nicht sehen wollten. Erst als alles zu spät war, stellten wir fest, dass diese Energiequelle nur eine Tarnung war für etwas, das unseren Planeten für Glu- kox-Iol bewohnbar machen sollte.«

»Eine Art Terraforming in die falsche Richtung«, kommentierte HeyDu.

»Wenn du es so nennen willst, ja. Wer konnte, stieg in eines der wenigen Raumschiffe und floh. Wenige Zeit später kollabierte das Ökosystem, die überlebenden Lebewesen starben spätestens am Hunger oder vielleicht hat Glu-kox-Iol selbst hier und da noch Hand angelegt. Er ernährt sich von ganzen Wasserplaneten, zieht Energie aus den Systemen und wenn seine sogenannten Energiequellen alles aufgesaugt haben, zieht er zum nächsten Planeten, auf dem er Wasser finden kann. Niemand weiß, wie viele Welten ihm bereits zum Opfer gefallen sind ... Nach meiner feigen Flucht habe ich es mir zur Mission gemacht, seinen Spuren zu folgen und ihm das Handwerk zu legen. Nur sieht es beinahe so aus, als wäre hier alles verloren. Und mein Schiff fliegt auch nicht mehr. Ich werde diesmal mit dem Planeten sterben. Vielleicht sollte es längst so kommen?«

»Warum bist du nicht sofort mit allem rausgerückt? Du hast mich ganz schön dumm dastehen lassen«, warf ihm HeyDu vor.

»Es tut mir leid. Ich wollte einfach nicht, dass du mich gleich verurteilst als jemanden, der diesem Planeten auch schaden möchte. Mein Aussehen muss dich doch schon genug abgeschreckt haben ...«, antwortete er.

HeyDu sah ihn lange an und schüttelte dann ihren unsichtbaren Kopf.

»Irgendwie haben wir beide ein dringendes Problem damit, dass wir anderen eine falsche Sicht auf uns attestieren«

»Sieht wohl so aus«, antwortete Bob und schenkte ihr ein Lächeln.

Oder zumindest ihrem Halsband, das er sehen konnte.

»Irgendetwas müssen wir tun können. Gibt es auf diesem Planeten niemanden, der so denkt wie du?«

»Ein paar in der Führungsebene haben mir immer Gehör geschenkt. Aber immer nur vereinzelt und im Geheimen. Niemand will an dem Luxus rühren, den sie hier haben.«

»Könnte man es ihnen irgendwie direkt vor Augen führen? So, wie du es bei mir getan hast?«

Bob dachte lange nach und sah sie dann an.

»Die Kreuzfahrt. Da ist die komplette Führung versammelt. Und sehr viele vom normalen Volk.«

»Das heißt, wenn wir das Schiff irgendwie unter unsere Kontrolle bekommen, können wir sie zu den vergifteten Plätzen fahren?«

»Das könnte funktionieren …«

»Und zum Abschluss hoch zum Haigürtel!«, schlug sie vor.

Bob machte große Augen und schüttelte energisch den Kopf.

»Dieser Gürtel ist maßgeblich daran schuld, dass mein Schiff mich hier nicht mehr wegkriegt. Die Jäger dort sind zu viele, du würdest sehr viele Leben riskieren!«

HeyDu startete eine Präsentation über den Holobeam ihres Helmes, die die beinahe vollständige Dezimierung des Haigürtels zeigte.

»Oh nein …«, war alles, was Bob dazu noch sagen konnte. Der Anblick schien ihn unerwartet hart zu treffen.

»Ja, dann sollten wir ihnen das auch zeigen. Ich kann dir Pläne des Schiffs zukommen lassen. Es würde sicher nicht schaden, wenn wir das nicht nur zu zweit machen müssten.«

»Ich habe eine Crew.«

»Dann müssen wir uns nur noch einen Plan überlegen, wie wir auf das Schiff gelangen.«

»Ja, das sollten wir. Für den ersten Schritt habe ich da so eine Idee, die eine unsichtbare Person beinhaltet«, antwortete HeyDu und grinste schelmisch – was er natürlich nicht sehen konnte.

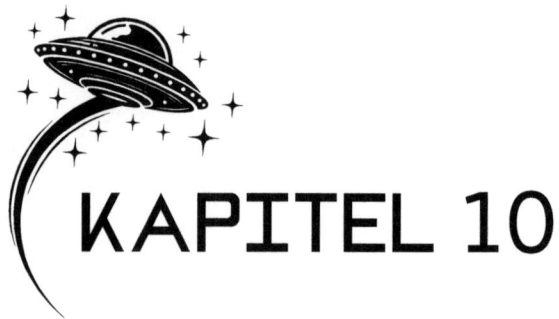

KAPITEL 10

Das ist ein bescheuerter Plan«, kommentierte Ed, der mit verschränkten Armen an der kleinen Küchenzeile auf der Instant Karma lehnte.

»Wir müssen es tun! Dieses Wesen könnte genauso gut als Nächstes die Erde auswählen«, gab HeyDu zurück und musste sich zusammennehmen, um sachlich zu bleiben.

»Jane?«, war alles, was Captain dazu sagte.

Die Angesprochene saß am Tisch im Essraum und umklammerte enthusiastisch ihre Kaffeetasse.

»Ja?«

»Was sagt das Holo-Brain?«

Ein kleines Lächeln zappelte durch ihr Gesicht und HeyDu wusste genau, dass sie darauf gewartet hatte, dass doch bitte endlich jemand ihre Fachexpertise in Anspruch nehmen möge. Jane zog ein Blatt Papier aus ihrer Hosentasche und versuchte, es mit zweifelhaftem Erfolg auf dem Tisch zu glätten.

»Nun ja, soweit ich alles richtig interpretiere ... hat HeyDu recht. Es besteht eine hohe Wahrscheinlichkeit, dass das Wesen durch unsere Ankunft hier auf die

Erde aufmerksam gemacht wurde. Wenn wir es jetzt nicht aufhalten, würden wir es irgendwann trotzdem tun müssen – und es hätte eine Spur der Vernichtung hinter sich hergezogen.«

»Na gut. Ich muss Commandante in Kenntnis setzen. HeyDu, mitkommen!«, ordnete Captain an und gab ihr mit einem Schnipsen zu verstehen, dass sie sich jetzt sofort bequemen sollte, ihm zu folgen.

Sie liefen gemeinsam zur Brücke, wobei sich HeyDu wunderte, wie flink sich Captain bewegen kann, wenn er nur will. Die Tür glitt mit einem Zischen auf und der Raum empfing sie mit Stille.

Captain nahm den Hörer des Video-Phones ab und wählte Commandantes Leitung an. Es dauerte ein wenig, dann erschien ein recht verpixeltes Gesicht auf dem Schirm.

»Commandante?«, fing Captain an. Aber sein Gesprächspartner rührte sich nicht. Er hatte offenbar das Gespräch angenommen und war sofort danach eingeschlafen.

»Das darf doch einfach nicht wahr sein ...«, murmelte Captain.

Er räusperte sich und tippte auf dem Video-Phone die Taste für eine Aufzeichnung.

»Hallo, Commandante. Das hier ist die Info darüber, dass wir die Mission ein wenig intensivieren müssen. Durch das Auftauchen eines außerirdischen Aggressors müssen wir eingreifen und die Geschicke des Planeten aktiv beeinflussen. Captain, Ende.«

Gerade als Captain das Gespräch beendete, zuckte Commandante zusammen und war offenbar aufge-wacht. Zu spät, die Verbindung war gekappt.

»Hm, na ja. Dann hat er etwas, was er sich nach dem Kaffee ansehen kann«, meinte Captain leichthin.

»Wenn es schiefgeht, wird er was Härteres brauchen«, sagte HeyDu.

Bob hatte geduldig vor der Instant Karma gewartet, bis HeyDu endlich herauskam und die Entscheidung der Crew verkündigte. Es irritierte sie ein wenig, weil auch er keinerlei Emotionen durch Mimik verriet, wo Menschen wie ein aufgeschlagenes Buch vor ihr lagen.

»Wir machen es«, sandte sie ihm über den Kommunikator zu. »Der Plan ist, dass ich mich auf das Schiff stehle und euch die Tür aufmache. Jetzt bist du gefragt: Wie komme ich am besten auf das Schiff und wo mach ich euch besagte Tür auf?«

»Du musst in der Stadt das Schiff betreten. Später wird das auch für eine unsichtbare Person schwieriger. Das Schiff würde dich auf dem Sonar erkennen und sofort alles zumachen.«

»Dann sehen sie euch aber auch.«

»Das stimmt. Deswegen wirst du vorher das Sonar deaktivieren müssen.«

»Wie viel Zeit habe ich dafür?«

»Genug. Du wirst mir über den Kommunikator mitteilen, wenn du so weit bist. Ich werde mich mit deinen Leuten an einem Punkt aufhalten, der ungefähr eine Stunde von der Stadt entfernt ist.«

»Und wie schalte ich das Sonar aus?«

»Hiermit«, sagte Bob und hielt ihr einen kleinen schwarzen Würfel hin. »Das ist ein Störsender.

Der setzt das Sonar außer Kraft und lässt es wie eine normale Störung aussehen.«

»Gut. Jetzt muss ich nur noch in die Stadt kommen.«

»Das wird einfach. Komm!«, sagte Bob und gab ihr mit einem Wink zu verstehen, ihm zu folgen.

Sie waren mit den Unterwasser-Bikes bis an den Rand der Stadt gefahren und Bob hielt direkt auf die Kuppel zu. Wie aus Glas türmte sie sich vor ihnen auf. HeyDu musste an ein Goldfischglas denken und tat sich schwer damit, dieses skurrile Bild wieder abzuschütteln. Bob hielt eine ID-Karte an das Glas und ein ovaler Bereich darin wurde durchlässig wie das Wasser selbst.

»Abgefahren ...«, entfuhr es HeyDu.

»Das ist ein gefälschter Ausweis.«

»War der im Widerstands-Starterset enthalten?«

Bob sah sie ausdruckslos an.

»Nur ein Scherz«, sagte sie beschwichtigend. »Wir sehen uns bald wieder, ja?«

»Willst du dein Halsband anlassen?«, wollte er wissen.

»Ich glaube, ich sollte auf dem Schiff ein bisschen was verstehen können. Die Gefahr muss ich einfach eingehen.«

»Dann viel Glück!«, antwortete er und machte sich auf den Rückweg zur Instant Karma.

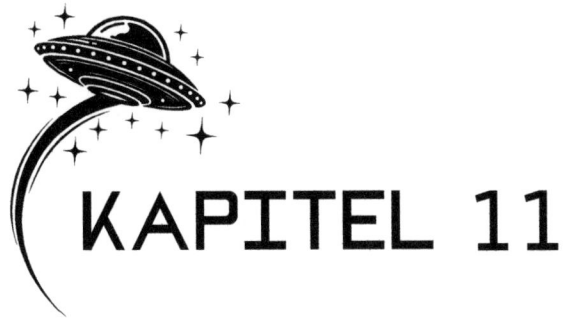

KAPITEL 11

HeyDu verschwendete keine Zeit mehr und betrat die Kuppel. Sie spürte einen leichten Widerstand, als sie durch die Tür schritt. Wie ein Vorhang, der sich auf ihr Gesicht, ihre Schultern und dann auf ihren Rücken legte. Danach war sie durch. Die hohe Luftfeuchtigkeit der Stadt würde sie weiterhin unsichtbar sein lassen. Bob hatte ihr den Weg zum Schiff beschrieben. Sie folgte dem Netz aus Straßen und sah bald immer mehr andere Stadtbewohner, die alle scheinbar das gleiche Ziel hatten. Kurz darauf erreichte sie den Platz und was sie sah, verschlug ihr abermals den Atem. Das Schiff hatte dermaßen gewaltige Ausmaße, dass sie den Kopf in den Nacken legen musste, um an ihm emporzusehen.

Rolltreppen führten die Passagiere nach oben. Sie suchte nach einer, auf der wenig los war, und sondierte die Lage ein wenig. Dabei nahm sie nun doch vorerst das Halsband ab und band es sich in Ermangelung einer besseren Idee an den Fuß. Es reichte schon, dass sie den Störsender – so klein er auch war – nicht wirklich gut verbergen konnte. Da fiel ihr auf, dass sie ihn auch gut mit dem Halsband an ihren Fuß binden konnte.

Als sie sich sicher war, dass kein großer Ansturm an Leuten sich die Stufen hinaufdrängen würde, spurtete sie los. Vor dem Eingang des Schiffs stand ein Diener, der die Gäste willkommen heißen sollte. Sie wurde langsam und kurz bevor sie ihn erreichte, hielt sie die Luft an und hoffte, er würde nicht zu aufmerksam sein und ihr Halsband entdecken.

Jetzt würde es sich zeigen, ob die Unsichtbarkeit wirklich zu etwas gut war.

Einige Augenblicke sah es so aus, als würde der Diener sie mit den Blicken fixieren. Aber dann gähnte er herzhaft und sah gelangweilt in eine andere Richtung.

HeyDu glitt nach innen und traute sich erst am Ende des langen Ganges, wieder zu atmen. Sie versuchte, sich an Bobs Beschreibung zu erinnern, und folgte den fremden Zeichen an den Wänden. Sie passierte mehrere Treppen und trat jedes Mal großzügig einen Schritt zur Seite, wenn eines der Fischwesen ihren Weg zu kreuzen drohte. Unbemerkt kam sie schließlich auf der Kommandoebene an. Eine Tür ging auf und dahinter sah sie die Brücke. Einer der Fischleute kam heraus und sofort schloss sich die Tür wieder. Der Gang war zu eng, um sich da an jemandem vorbeizudrängen. Sie zwängte sich in eine Nische, aus der sie den Zugang gut im Blick halten konnte, wartete ab und band sich ihr Halsband wieder richtig um. Nach einiger Zeit kam eine Durchsage, die das Halsband für sie übersetzte.

»Herzlich willkommen auf unserer heutigen Kreuzfahrt in die wilde und ursprüngliche Welt vor der Kuppel. Wir möchten Sie einladen, das Leben zu spüren, wie es früher einmal war. Und bitte bedienen sie sich reichlich am kostenlosen Büfett auf dem Deck und am Algenbrunnen. Wir haben für dieses Abenteuer keine Kosten und Mühen gescheut – wie gewohnt!«

Eine misstönende Melodie erklang und ein kurzes Vibrieren ruckte durch das Schiff.

Es ging los. Ein paar Minuten würde sie jetzt warten müssen, bis sie aus der Kuppel waren. Dann müsste sie in der Nähe des Sonars sein, um den Störsender dort irgendwo zu platzieren. Also reinkommen und irgendwie auch wieder raus.

Die Tür hatte einen Kartenleser. Da war also nichts zu machen und Bob hatte ihr keine zweite gefälschte ID-Karte für solche Fälle mitgegeben.

Ein weiterer Shim-Shim kam und ging hindurch. Wieder war die Tür sofort wieder zu. Würde sie HeyDu zerquetschen, wenn sie nicht schnell genug hindurch wäre? Auf jeden Fall würde sie Aufsehen erregen und das konnte sie gar nicht gebrauchen.

Sie zermarterte sich das Gehirn und war kurz davor, den Störsender einfach auf gut Glück durch die Tür zu werfen und zu hoffen, dass es niemandem auffallen würde. Da kam ein Shim-Shim heran, der ein wenig wie eine Krabbe aussah. Er bewegte sich seltsam, da fiel es ihr wie Schuppen von den Augen: Krabben liefen manchmal so, nämlich seitlich. Sie glitt aus ihrem Versteck und ging hinter dem Krabbentyp seitlich und presste sich dabei möglichst eng an die Wand hinter ihr, um ihn nicht zu berühren. Die Tür glitt auf und sie war drin.

Im Inneren der Brücke waren einige Leute und sie hatte das Gefühl, dass der krabbenartige Neuankömmling gar nicht wirklich wahrgenommen wurde. Das sollte ihr nur recht sein. Trotzdem nahm sie vorsichtshalber das Halsband wieder ab und verstaute es in einer Ecke des Raumes. Durch das Fenster sah sie, dass sie gerade auf die Kuppel zufuhren. Ein riesiges Areal wurde durchlässig und das Schiff glitt nach draußen. Jetzt würde sie noch ein wenig warten und dann den Störsender aktivieren und irgendwie wieder aus dem Raum verschwinden ...

Es gab auf den Pulten selbst nirgends eine unordentliche Stelle, an der ein würfelförmiger Störsender gut versteckt werden konnte. In einer Ecke sah sie etwas wie ein Aquarium stehen – der Boden war mit feinem Sand bedeckt, in dem sich einige Krebstiere tummelten. Das perfekte Versteck.

Sie schlängelte sich durch die herumlaufenden Fischwesen hindurch und erreichte mühelos ihr Ziel. Sie aktivierte den Würfel und steckte beherzt den Störsender an den Krebsen vorbei in den Sand und drückte ihn gut hinein. Die kleinen Tierchen sahen alle mehr oder weniger unentschlossen zu der Stelle. HeyDu versteckte sich wieder in der Ecke nahe der Tür, um möglichst bald die Flucht antreten zu können. Sie band sich das Halsband wieder um und verstand die Blubber- und Jaul-Laute der Fischwesen wieder.

»Captain, etwas stimmt mit dem Sonar nicht«, hörte sie mit einem zufriedenen Lächeln hinter sich.

Ein bisschen Unruhe kam auf, als mehrere Leute zu dem entsprechenden Bildschirm traten. Da fiel ihr der Krebstyp auf, mit dem sie sich hineingeschlichen hatte, und sie wusste, das wäre die Chance für sie. Er kam näher und blieb an dem seltsamen Aquarium kurz stehen. Er hob es auf und machte sich daran, damit den Raum zu verlassen. HeyDus Herzschlag beschleunigte sich. Was machte der denn? Schnell überschlug sie ihre Optionen. Schließlich trat sie beherzt hinter ihn und griff wieder in das Aquarium hinein, um den Würfel wieder an sich zu nehmen. In dem Moment blieb der Krebsmann stehen und starrte verdutzt in den Glaskasten.

»Was habt ihr denn, meine Kleinen?«

HeyDu hielt in der Bewegung inne und zog schnell die Hand wieder heraus – ohne an den Würfel gekommen zu sein.

Der Krebsmann zuckte mit den Schultern und ging weiter. HeyDu musste die Gelegenheit nutzen und griff erneut hinein, ertastete den Würfel und zog ihn heraus.

Wieder blieb der Krebsmann stehen und diesmal sah er den Würfel, der für ihn durch das Wasser schwebte, mit Sand, der um ihn herum herunterrieselte. HeyDu unterdrückte einen Fluch. Sie umklammerte den Würfel mit der Hand, in der Hoffnung, dass ihn das auch unsichtbar machen würde. Offenbar funktionierte es nicht, aber ihr Gegenüber war wohl nicht der hellste Kopf.

»Huch, was war denn das?«, sagte der Krebsmann.

HeyDu beeilte sich, von ihm wegzukommen, und hoffte inständig, dass gerade niemand den schwebenden Würfel in ihrer Hand sah und sich die Umstehenden mehr auf die Störung konzentrierten. Als sie an der gegenüberliegenden Seite des Raums ankam, drehte sie sich zu ihm um und musste mit Entsetzen und Erleichterung feststellen, dass das Krebswesen verschwunden war. Jetzt wusste sie aber immer noch nicht, wie sie jetzt noch aus dem Raum kommen sollte. Und da war noch die Sache mit dem Störsender.

Als sie so nachdachte, sah sie hinter einem der Pulte einen Spalt, in den der Würfel gerade so passen konnte. Das war perfekt, entschied sie. Sie schlich dorthin und schob den Störsender hinein. Zufrieden sah sie dabei ihrer leicht durchscheinenden Hand zu. Ihre leicht durchscheinende Hand ...

Ihre Hand wurde langsam wieder sichtbar.

Irgendwas in dem Sand musste das bewirken. Ihr Arm schnellte zurück und sie verbarg ihn hinter ihrem Rücken, in der unsinnigen Hoffnung, das würde reichen. Sie verzog sich in eine Ecke, in der sie nicht sofort gesehen werden würde, und sah sich ihre Hand näher an. Es war nicht die Hand selbst, die sichtbar wurde. Es war vielmehr ein leichter Überzug auf ihr, der das bewirkte. Vorsichtig versuchte sie, ihn mit einem Finger der anderen Hand abzurubbeln. Das Ergebnis war, dass nun auch der andere Finger zu sehen war. Sie musste hier raus. Sie musste irgendwie etwas finden, womit sie das loswerden konnte. Danach musste sie die Tür nach draußen öffnen und die anderen hineinlassen. Kinderspiel.

»HeyDu, hörst du mich?«, hörte sie über den Kommunikator.

»Wir sind gleich so weit, du kannst die Tür öffnen.«

»Wie lange hab ich denn noch?«, antwortete sie, nur leicht panisch.

»Na ja, so fünf oder zehn Minuten schon noch. Kein Stress«, kam zurück.

Jetzt wurde sie panisch.

Sie musste einen schnellen Ausgang finden. Sie beobachtete die Türen und sah die Kartenleser seitlich von ihnen. Sie musste nur einem der Shim-Shim die Karte abnehmen und dann war sie frei. Alles super also.

Sie sah sich um und wählte sich ein Opfer aus. Nicht weit von ihr stand einer mit einem breiten Maul, schwarzen Augen wie Billardkugeln und einer leuchtenden Lampe, die vor ihm an einer Art Dorn hing und aus ihm herauswuchs. Was ihr an dem Typen am besten gefiel: Er trug seinen Ausweis recht unachtsam an seinem Gürtel. Sie schlich sich an, streckte die noch fast unsichtbare Hand aus, ergriff den Ausweis und entfernte ihn vorsichtig aus seiner Schlaufe. Sie blieb dabei unbemerkt und sputete sich zum Ausgang. Triumphierend hob sie ihn an das Lesegerät und die Tür schwang auf. Erleichtert atmete sie auf.

»Wir verabschieden den Captain von der Brücke«, sagte eine Computerstimme. Die Shim-Shim im Raum salutierten und darauf stellte sich bald verwirrtes Gemurmel ein, da der Captain offenbar noch mitten unter ihnen war. HeyDu nahm die Beine in die Hand und rannte den leeren Korridor entlang. Hinter ihr ertönte ein Alarm. Sie sah den Ausweis im Laufen an und dachte daran, dass er vielleicht einen Chip oder sowas in sich hatte, womit man ihn orten konnte. Sie ließ ihn fallen und nahm die nächste Treppe nach unten. Dabei dachte sie einen Moment daran, dass sie sich womöglich gerade verlief.

»HeyDu? Wir sehen das Schiff schon.«

»Ich hab hier einen Alarm ausgelöst«, bekannte sie. »Was soll ich tun?«

»Oh. O.k., geh zur nächsten Außentür und öffne sie. Wir werden dich schon finden«, gab Bob zurück.

Hinter ihr hörte sie ihre Verfolger kommen und sie suchte sich schnell die nächste Nische, um sich darin zu verstecken. Es gelang ihr und sie versuchte, die sichtbare Hand zu verbergen. Sie fand es absurd, war dies doch das erste Mal, dass sie ihre Sichtbarkeit verstecken musste. Sie entschied, später herzhaft darüber zu lachen. Im Moment musste sie nur irgendwie hier rauskommen.

Ihre Verfolger rannten an ihrer Nische vorbei und davon. Sie wählte die Richtung, aus der sie gekommen waren, und suchte dort nach der nächsten Tür.

»Ich hab hier eine gefunden«, gab sie über den Kommunikator an Bob weiter. Sie aktivierte den Öffnungsmechanismus und langsam glitt sie erst nach außen und dann zur Seite. Draußen zog ein großes Riff vorbei und wenig später konnte sie ihr Team ausmachen.

»Ich sehe euch«, sagte sie.

»Warum ist hier die Tür auf?«, hörte sie hinter sich. Sofort wirbelte sie herum und sah jemanden von den Stewards näher kommen.

Nur noch wenige Augenblicke, dann würden ihre Leute das Schiff betreten können. Sie musste also nur ein wenig Zeit gewinnen.

Sie hob die sichtbare Hand vor sein Gesicht und winkte.

»Hier ist die Meeresgöttin!«, sagte sie.

Der Steward erschrak fürchterlich und starrte auf die Hand.

»Welche Meeresgöttin?«, wollte er mit zitternder Stimme wissen.

»Nenn mich, äh ... Arielle!«

»Oh bitte tut mir nichts! Ich habe Kaulquappen, die daheim auf mich warten!«

»Ich werde dir nichts tun. Geh jetzt einfach und sprich mit niemandem über das hier.«

»O.k., o.k. ... Oh danke, Arielle! Ich werde Euch meine Erstgeborenen opfern!«

HeyDu lief es kalt den Rücken herunter.

»Das wirst du schön sein lassen! Und ab heute opferst du niemanden mehr, falls du das bisher schon mal getan hast, ja?«

Der Steward sah verwirrt die Hand an.

»Na ja, o.k. Wenn es denn sein muss ... Ich geh dann mal!«

Er drehte sich um und ergriff die Flucht. Ein paar Sekunden später hörte sie hinter sich Geräusche und sah beim Umdrehen, dass Konrad gerade auf das Schiff kletterte. Ed, Captain, Jane, Bob, die ganze Bande folgte ihm. Sogar Konrad hatten sie als Verstärkung mitgebracht. HeyDu atmete erleichtert auf.

»Oh Leute, bin ich froh euch zu sehen«, begrüßte sie sie.

»Und wir sind froh, äh ... deine Hand zu sehen«, gab Captain zurück.

»Ja, irgendwas klebt da. Kommt mit, wir sollten uns beeilen! Folgt einfach meiner Hand.«

Sie führte ihre Mannschaft den Weg wieder zurück, den sie gekommen war. Unterwegs fand sie die ID-Karte des Shim-Shim-Captains am Boden. Offenbar war wohl doch kein Sender daran. Vor der Brücke hielten sie kurz inne.

»O.k., Leute, da sind viele Shim-Shim drin. Macht euch bereit dafür, dass es vielleicht Handgreiflichkeiten geben könnte.«

»Du meinst sicher Flossengreiflichkeiten, oder? Hihi«, gab Captain zurück.

Sie achtete nicht auf ihn und hielt die Karte an den Kartenleser. Die Tür blieb so lange offen, wie sie die Karte dagegenhielt. Also winkte sie mit ihrer halb sichtbaren Hand die anderen hindurch. Die Mannschaft stürmte die Brücke und als Letzte huschte HeyDu hindurch. Die Shim-Shim starrten sie überrumpelt an.

»Wir begrüßen den Captain auf der Brücke«, kam die Computerstimme wieder aus den Lautsprechern.

Bob wandte sich zu HeyDu um und drückte ihr einen Speicherstick in die Hand.

»Hier, spiel das ins System ein. Der Autopilot bekommt dann eine neue Route und deine Präsentation wird auf dem ganzen Schiff dabei in Dauerschleife übertragen.

Da hinten ist der Hauptrechner«, sagte er und deutete an die größte Konsole an der Stirnseite des Raumes.

»Was ist das hier?«, wollte Huhulu wissen, der offenbar durch den Alarm auf die Brücke geholt wurde.

»Wir sind hier, um diesen Wahnsinn ein für alle Mal zu beenden«, gab Bob zurück.

HeyDu ließ sie und ihren Streit links liegen. Mit wenigen Schritten erreichte sie den Rechner und stöpselte den Stick an.

»Wollen Sie die Daten übertragen oder auf manuelle Steuerung umschalten?«, wollte der Computer wissen und nacheinander blinkten zwei Symbole auf. Sie klickte auf das, was der Reihenfolge nach »Daten übertragen« sein musste, und sofort sah sie auf dem Schirm, dass das Schiff die Route änderte. Die Tonspur ihrer Präsentation erklang über die Kommunikationssysteme des Schiffes.

Geschafft.

»Captain, wir haben eine neue Route«, sagte einer der Shim-Shim.

»Ja klar haben wir die«, sagte Captain Captain, als wäre er gemeint gewesen.

Sofort liefen ein paar der Shim-Shim zum Hauptrechner, aber Konrad stellte sich ihnen in den Weg.

»Freundchen, da müsst ihr erst an mir vorbei«, sagte er und verpasste einem von ihnen einen ordentlichen Kinnhaken. Eine Rauferei zeichnete sich daraufhin ab, die HeyDu insgesamt ganz gern für später gefilmt hätte. Konrads Fäuste vermischten sich mit Tentakeln und Flossen, die um sich schlugen. Vor dem Schiff wurde die riesige Müllhalde sichtbar und die Präsentation war gerade an dem Punkt angekommen, wo sie vorrechnete, wie lange der Planet noch existieren würde. Sie hoffte sehr, dass die Botschaft bei den Passagieren ankäme. Hinter ihr glitten die Türen gleichzeitig auf und eine Gruppe Fisch-Wachen strömte herein. Jetzt waren die Shim-Shim eindeutig in der Überzahl und HeyDu konnte nur noch hoffen, dass die restliche Besatzung langsam aufwachte und diesen Wahnsinn beendete.

Die Mannschaft der Instant Karma und Bob waren recht bald überwältigt und gefesselt am Boden. Huhulu schritt siegessicher vor ihnen auf und ab und wandte sich dann um, um eine Durchsage an das Schiff zu machen. Draußen zog gerade die gigantische Umweltverschmutzung vorbei.

»Sehr geehrte Passagiere, hier spricht euer Chef. Ich entschuldige mich persönlich für diesen unerfreulichen Zwischenfall. Bitte schenkt dieser Propaganda kein Gehör. Wir sind der beste und fortschrittlichste Planet in der Galaxie und nichts kann uns etwas anhaben! Genießt das kostenlose Büfett und die Aussicht, sobald wir wieder auf Kurs ...«

HeyDu hörte nicht mehr zu. Sie schlich sich zu den anderen und entfernte die Fesseln vorsichtig. Algen oder sowas, aber außergewöhnlich reißfest.

»HeyDu, du musst etwas tun«, raunte ihr Bob zu. »Steuere das Schiff in den Haigürtel.«

HeyDu starrte ihn einen Moment lang an, aber dann begriff sie, dass das die einzige Chance war.

Um sie herum nahmen die Shim-Shim wieder Aufstellung an den Geräten und übernahmen das Schiff erneut.

»Verschafft mir die nötige Zeit«, sagte sie und schlich zur Hauptkonsole, vorbei an der Besatzung.

Hinter ihr hörte sie Tumult und ging davon aus, dass die anderen sich wieder freikämpften. Die Besatzung an der Hauptkonsole lief zu ihnen, der Plan ging auf. Sie trat vor die Konsole und tippte darauf herum. Sie vermisste irgendwie die Sprachsteuerung von vorhin. So konnte sie gar nichts von dem verstehen, was da stand. Sie nahm abermals den Speicherstick und steckte ihn ein.

»Wollen Sie die Daten übertragen oder auf manuelle Steuerung umschalten?«, fragte der Computer abermals und diesmal klickte sie auf das zweite Symbol. Aus der Konsole fuhr etwas, das wie ein Joystick aussah.

Sie ergriff ihn und zog das Schiff erst vorsichtig und als es sich in die richtige Richtung bewegte, bestimmter nach oben, in Richtung Haigürtel.

»Du meine Güte, was passiert da?«, erscholl der Ruf hinter ihr.

»Wir steuern in den Haigürtel!«

»Wir werden alle sterben!«

»Übernehmt die Steuerung wieder!«

Ein wildes Durcheinander ertönte hinter ihr, aber sie ließ sich nicht beirren.

Um sie herum waberte die Unendlichkeit, die so ein Ozean ausstrahlte, wohin HeyDu auch blickte. Sie war schier überwältigt von dieser Masse an Wasser und obwohl im Raum das Chaos tobte, konnte sie genau in diesem Moment so etwas wie Faszination für das kühle Nass empfinden. Schließlich wurde es still hinter ihr.

»Wir sind verloren«, sagte Huhulu.

HeyDu drehte sich um und sah, dass alle ängstlich aus dem Fenster spähten.

Sie tat es ihnen gleich und sah ... nichts ... In der Ferne schwamm ein riesiges Wesen herum. Sie steuerte darauf zu und als sie näher kamen, gefror ihr das Blut in den Adern.

Es war ein gewaltiger Hai.

Sie hatte Zeichnungen von ähnlichen Wesen auf der Erde gesehen.

Megalodon.

Etwas in dieser Größe.

Er sah ... traurig aus.

»Hunger ...«, hallte es als hohle Stimme durch die Kommunikatoren.

Hinter HeyDu schwang eine der beiden Türen auf und der Rest der Regierung kam herein. Sie sahen alle betreten aus der Scheibe auf den sterbenden Hai.

»Wir müssen diesen Wahnsinn beenden«, sagte einer von ihnen.

»Ja, das ist nicht nur Propaganda«, pflichtete ein anderer bei.

Der Typ mit dem abstrus winzigen Fischkopf stand neben Huhulu und plötzlich blähte sich sein Kopf auf das Zehnfache auf.

»Das muss hier enden!«, lispelte er.

Selbst Huhulu ließ resignierend seine Flossen hängen. Erleichtert atmete HeyDu aus. Sie hatten es geschafft.

Nachdem dem Hai die Reste des Büfetts gegeben worden waren, erstrahlte er in neuer Hoffnung und die Besatzung hatte es in Folge sehr eilig, wieder aus seinem Jagdgebiet zu verschwinden. Das Schiff fuhr auf direktem Weg zurück in die Stadt, wo eine sehr schweigsame und betretene Stadtbevölkerung nach draußen strömte. Huhulu sprach dabei über das Kommunikationssystem zu ihnen und erklärte, dass die Regierung einen neuen Kurs fahren würde. Die Energiequelle musste aufgegeben werden und man würde wieder versuchen, zur alten Lebensweise zurückzufinden.

Im Laufe einer geheimen Besprechung wurde Bob der Schlüssel zur Energiequelle überreicht und der Mannschaft der Instant Karma wurde vermutlich der unwilligste Dank für die Rettung des Planeten in der Geschichte des ganzen Universums ausgesprochen. Der Planet war gerettet, aber der Luxus war somit auch vorbei. Nicht jedem Shim-Shim schmeckte das.

»Ich danke euch für eure Unterstützung«, sagte Bob zu HeyDu und der restlichen Mannschaft. »Ihr habt diesen Planeten gerettet. Ich bin total überwältigt.«

»Du meinst sicher: über-wal-tigt. Hahaha«, steuerte Captain bei und erntete ein paar rollende Augen.

»Was wirst du jetzt tun?«, wollte HeyDu wissen.

»Mit der Energiequelle kann ich mein Raumschiff wieder in Betrieb nehmen. Ich werde Glu-kox-Iol jagen und unschädlich machen. Das hier war sein letzter Planet, den er zu verschlingen versuchte. Das schwöre ich bei meinem Namen.«

»Ich wünsche dir alles Gute. Danke für alles«, antwortete HeyDu und lächelte ein unsichtbares Lächeln.

»An deiner Stimme höre ich, dass du lächelst«, antwortete Bob und verzog seine von Barteln übersäte Lippe zu etwas ganz Ähnlichem.

»Ich wünsche dir auch alles Gute. Ich hoffe, du konntest ein wenig Frieden mit deiner ganz besonderen Kraft machen.«

»Ja. Ich denke, das konnte ich.«

Ein warmes Gefühl breitete sich in ihr aus. Sie würde sich vermutlich immer etwas unwohl fühlen. Aber sie würde auch immer an den Tag denken, da sie mit ihrer Unsichtbarkeit einen ganzen Planeten retten konnte. Und nicht mehr an den peinlichsten Tag ihrer Jugend. Oder nicht mehr allzu sehr.

An dieser Stelle sollte erwähnt werden, dass es keine offiziellen Informationen zu HeyDus Spezies gab. Unsichtbarkeit bei Berührung mit Wasser scheint nicht zwangsläufig normal bei Lebewesen ihres Heimatplaneten gewesen zu sein. Der Moment, den sie selbst nur als »peinlichsten Tag ihrer Jugend« bezeichnet, war bei Einstellung an Bord der Instant Karma nicht offiziell protokolliert – und dürfte wohl auch bis heute als »Privatsache« eingestuft werden.

Diese Mission der Instant Karma konnte jedenfalls erfolgreich beendet werden. Da Commandante nicht zugeben wollte, die gesamte Aktion verschlafen zu haben, wurden sämtliche notwendigen Genehmigungen im Nachhinein ausgestellt.

Lucy Sabor Doctora verblieb während dieses Einsatzes meditierend in ihrem Zelt. Erst als auch Konrad Teil der Außenmission wurde, musste sie aus ihrer Trance geweckt werden und die Schiffsfunktionen überwachen – sehr zu ihrem Unmut.

Pizzalieferant Nero wurde während der gesamten Geschichte schlicht vergessen. Kurz bevor die Instant Karma ins Wasser des Planeten tauchte, war er gerade dabei, eine Bestellung von Konrad vorzubereiten, als die Instant Karma plötzlich ohne ihn verschwand. Widerwillig aß Nero die Ananas-Pizza so selbst – und das, obwohl er Ananas auf der Pizza für eine der wenigen wirklichen Pizzasünden hielt.

Die Crew hatte auf jeden Fall allen Grund, stolz auf sich zu sein. Ganz besonders aber natürlich HeyDu, die sich nur noch kurz von jemandem verabschieden wollte.

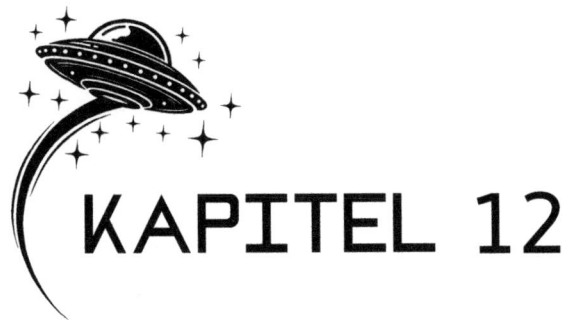

KAPITEL 12

Die Schleuse öffnete sich langsam und Wasser drang in die Kammer. HeyDu registrierte ein Unwohlsein, aber es war nur schwach. Ein neuer Anzug schützte sie vor der Feuchtigkeit. Sie trat nach draußen und sah sich um. Alles war friedlich und ruhig und sie wusste, sie hatte einen großen Anteil daran, dass es auch noch eine ganze Weile so bleiben würde auf diesem Planeten.

»Hallo? Wasser? Bist du ... Hörst du mich?«, fragte sie und wartete. Nach einer Zeit wirbelte vor ihr etwas aus dem Wasser hervor, das wie ein Seepferdchen aussah. Darauf saß wieder ein kleiner Mann.

»Du gehst wieder?«, wollte das Wasser wissen.

»Meine Aufgabe hier ist erfüllt«, antwortete sie und lächelte.

»Was machst du da mit deinem Gesicht?«, wollte es wissen.

»Das nennt man Lächeln.«

»Und warum machst du das? Isst du gleich etwas?«

»Das machen humanoide Lebensformen so, um Freude auszudrücken.«

»Ach so. Du hast ja leider dieses Ding da an, da habe ich keinen Zugang zu deinen anderen Kommunikationswegen. Aber warte mal ...«

Das Seepferdchen verwirbelte und vor ihr erschien ein riesiger Mund. Und er verzog sich nach oben, zu einem sehr unheimlichen Lächeln.

»Siehst du? Ich kann das auch.«

»Oh, äh ... ja. Sehr schön.«

»Ich freue mich nämlich auch sehr. Du hast mich und diese Welt gerettet.«

»Und jetzt ist es Zeit zu gehen für mich.«

»Dann trennen sich hier unsere Wege?«

»Ja. Das tun sie. Warte mal ...«, sagte HeyDu und nestelte an ihrem Helm herum. Sie brauchte einiges an Kraft, um ihn unter Wasser abzunehmen. Sofort wurde ihr Anzug von Wasser gespült und sie wurde unsichtbar. Schnell steckte sie sich das Sauerstoffgerät in den Mund.

»Ah! Jetzt spüre ich deine Freude. Aber auch eine gewisse Wehmut«, sagte das Wasser über den Kommunikator.

»Leb wohl! Ich glaube, ich habe hier auch sehr viel gelernt.«

»Leb wohl, unsichtbares Mädchen. Mach was aus deiner Gabe.«

Sie hängte den patschnassen Anzug an den Haken und ging nackt den Flur entlang. Vor Konrads Werkstatt blieb sie stehen, mit dem winzigen Atemgerät in ihrer Hand. Ein Lächeln eroberte ihr Gesicht und mit einem verwegenen Gedanken im Kopf klopfte sie an der Tür.

»Ja?«, kam die leicht genervte Stimme Konrads von drinnen.

HeyDu öffnete die Tür und ging hinein. Konrad saß mit dem Rücken zu ihr vor seinem Computer und spielte irgendein Ballerspiel.

»Was is'?«, knurrte er, ohne aufzusehen.

»Ich habe einen Auftrag für dich«, sagte sie.

Aus dem Computer kam ein Piepen, als er die Pause aktivierte und zur Tür sah. Der Controller fiel ihm aus der Hand und er richtete sich pfeilgerade auf.

»Keine Angst, ich bin nur ein bisschen unsichtbar«, sagte sie und sie schaffte es kaum, die Belustigung aus ihrer Stimme zu verbannen. Sie spürte immer deutlicher, dass die Unsichtbarkeit außerhalb ihrer Heimat mehr Segen als Fluch war.

»Wer sagt denn, dass ich Angst habe?«, grollte Konrad und hatte sich recht schnell wieder unter Kontrolle.

»Du kannst dich doch bestimmt noch an das Atemgerät erinnern, das mit mir unsichtbar wird«, sagte sie. Konrad nickte und stand langsam auf.

»Hier hast du es. Ich will, dass du herausfindest, wie das funktioniert«, sagte sie und griff nach seiner Hand. Er zuckte erschrocken zurück, hatte sich aber schnell gefangen. Sie drückte ihm das Atemgerät in die Finger und als sie es losließ, wurde es sofort wieder sichtbar.

Er beäugte es von allen Seiten.

»Und dann?«, wollte er argwöhnisch wissen.

»Dann baust du mir mein Halsband damit nach. Wenn ich wieder unsichtbar werden muss, brauche ich das.«

Sie ließ ihn damit stehen und marschierte aus dem Raum. Ihre Entscheidung fühlte sich gut an. Eine gewisse Scham würde bleiben, aber sie würde Stück für Stück lernen, damit umzugehen.

Die Instant Karma war startklar und Captain saß in seinem Kommandosessel, um die Abreise von diesem Planeten zu steuern.

Eine Videonachricht von Commandante kam herein.

»Hallo, äh, zusammen. Ich habe eure Nachricht gesehen und muss, öh, sagen ... Nee, das macht mal nicht. Das klingt schon echt gefähr...«, mitten im Wort überkam ihn ein massives Gähnen.

»Alles klar, Commandante. Ich schicke meinen Bericht der Mission auf der üblichen Leitung. Ciao!«, antwortete Captain und legte auf.

»Puh ...«, entfuhr es ihm danach und er zwinkerte HeyDu zu, die wieder trocken und sichtbar neben ihm saß.

»Wer will was auf unseren Erfolg trinken?«, sagte Ed hinter ihnen und daraufhin riefen alle »Hier!«.

Als er mit zwei Sektgläsern zu den Pilotensitzen trat, machte die Instant Karma einen Ruck und Ed verschüttete den Inhalt von HeyDus Glas auf ihre rechte Hand, die sofort davon unsichtbar wurde.

Sie seufzte, sah Ed nachsichtig an, hob die Hand und zeigte ihm lächelnd einen unsichtbaren Finger, der ihr sicherlich normalerweise eine heftige Rüge eingebracht hätte. Unsicher lächelte Ed zurück.

»Sorry, du bekommst ein neues Glas.«

Ja, dachte HeyDu. Diese Mission war richtig gut. Entspannt lehnte sie sich zurück, als sie durch den

Haigürtel glitten, der sich allmählich wieder mit Tieren füllen würde. Kurz darauf durchbrachen sie die stürmische Wasserdecke und düsten davon ins Weltall.

Da blinkte etwas auf dem Monitor auf.

»Haha, wie es aussieht, ist der nächste Auftrag auch schon in trockenen Tüchern«, kommentierte Captain und lachte sich über seinen Gag halb tot – als Einziger.

ENDE ?

NACHWORT VON DAVID PIENTKA

Da belegt man Kurse, liest einen Schreibratgeber nach dem anderen und die Manuskripte stapeln sich in der Schublade. Worauf mich aber niemand so richtig vorbereitet hat, war die Ansage doch jetzt eine Danksagung rauszurücken.

Ich möchte an dieser Stelle Andreas Z. Simon danken, der all das hier ins Leben gerufen hat. Aus seiner Idee sind einige Geschichten wie diese hier entstanden. Ich fand es grandios anzusehen, wie all das wachsen konnte. Auch all den anderen aus unserer Gruppe möchte ich für ihre Geschichten und die gegenseitige Inspiration danken.

Natürlich danke auch allen, die diese Geschichte gelesen haben. Ich hoffe, ich konnte unterhalten und vielleicht musstet ihr ja doch mal schmunzeln. Die Geschichte hat natürlich ein paar Inhalte, die mir persönlich wichtig waren. Vielleicht konnte man sich Hier und Da in HeyDu wiederfinden, wie ihr etwas, wofür sie sich schämte, am Ende zu einem Vorteil wurde.

Am Ende möchte ich auch allen Freunden und der Familie danken.

Allem voran Tami, dafür dass du mich immer auf all meinen kreativen Wegen so unterstützt.

David Pientka
www.flyingduckman.de

NACHWORT VON ANDREAS Z. SIMON

Vorne im Laden gab es Reis in fast allen Variationen, scharfe Snacks und Gemüse. Aber hinter der Theke dieses asiatischen Lebensmittelgeschäfts unter indischer Leitung gab es noch etwas ganz anderes. DVDs, die noch Wochen nach dem Kauf nach Räucherstäbchen rochen. Hier habe ich mir immer wieder Filme gekauft, die es damals in den üblichen Läden nicht zu kaufen gab. Meistens waren es Bollywood-Filme, die mir auf meiner ersten Indienreise empfohlen wurden. Dreistündige Liebesfilme mit Action, Humor und viel Tanz, im Hindi-Original mit englischen Untertiteln.

So sah ich auch den Film »Pardes«, in dem sich in einer Szene der berühmte Schauspieler Shah Rukh Khan in einem Kabaddi-Wettkampf beweisen musste. Kabaddi, so lernte ich, ist ein Mannschaftssport ohne Ball, bei dem ein Spielzug so lange dauert, wie der Spieler die Luft anhalten kann. Um das zu beweisen, wiederholt er immer wieder das namensgebende Wort »Kabaddi«.

Das klingt dann tatsächlich so: »kabaddikabaddi-kabaddikabaddikabaddikabaddi...« usw...

Diese Sportart gibt es tatsächlich und sie ist zumindest in Asien nicht unbekannt. Der Legende nach soll schon der Gott Krishna in seiner Jugend dieses Spiel gespielt haben und auch von Siddharta Gautama, dem Begründer des Buddhismus, wird dies berichtet.

Als ich anfing, mir Geschichten über ein Raumschiff auf der Suche nach dem Sinn des Lebens auszudenken, kam mir dieses ungewöhnliche Spiel wieder in den Sinn. Auch unser Leben dauert nur so lange, bis uns der Atem ausgeht. So empfand ich Kabaddi als perfekte Entsprechung unserer eigenen Teilnahme am kosmischen Spiel.

Ein Leben - ein Atemzug. Geboren war Space Kabaddi. Ich freue mich sehr, dass David Pientka nun der erste ist, der auf der Basis meiner Charaktere und Ideen einen Space Kabaddi-Roman geschrieben hat. Meiner Meinung nach ist das der perfekte Einstieg in diese Welt. Ein erstes Abenteuer dieser ungewöhnlichen Crew, die noch sehr viel mehr erleben wird...

Andreas Z. Simon
www.simon.vision

NEUROTAINMENT SHOW

NOCH MEHR SUCHE NACH DEM SINN DES LEBENS?

Autor und Filmemacher Andreas Z. Simon begegnet in der Neurotainment Show kreativen Menschen. Die Themen reichen von Literatur, Kunst, Film, Hörspiel, Musik, Comics, Performancekunst und Nerdkultur, bis hin zu Wissenschaft, Tierrecht, Esoterik, Psychonautik und sozialen Themen. Das Ganze immer mit viel Humor und einem positiven Blick auf die Zukunft. Die Neurotainment Show ist Inspiration für dein eigenes künstlerisches Schaffen und dein Leben – kostenlos alle 14 Tage neu – überall, wo es Podcasts gibt.

www.neurotainment-podcast.de